CW01628356

EDIZIONI
SIMPLE

IL RENO E IL TREIA

EDIZIONI SIMPLE
Via Weiden, 27
62100 Macerata
info@edizionisimple.it | www.edizionisimple.it

ISBN 978-88-6259-778-4

Stampato da
www.stampalibri.it
BOOK ON DEMAND

Via Weiden, 27 - 62100 Macerata

Prima edizione giugno 2013

Sandro Santori

IL RENO E IL TREIA

Dopo aver visitato molte terre e molti popoli giunsero nel paese
degli Umbri, vi costruirono delle città e ancora le abitano.
Mutarono il nome di Lidii in un altro, presero il nome
dal figlio del re che li aveva guidati: si chiamarono Tirreni.

Erodoto, *Storie*

Sono più vicini al vero coloro che
affermano che la nazione etrusca
non proviene da nessun luogo, ma che
invece è originaria del paese
poiché è certo che si tratta di
una nazione molto antica
e che non è simile a
nessun'altra per lingua e per costumi.

Dionigi di Alicarnasso, *Storie*

Perseguitato dal fato di
Atride era venuto Halaesus
cui ritiene di aver desunto
il nome la terra Falisca.

Ovidio, *Fasti*

Cristofiru Culumbu, chi facisti
La megghiu giuventù tu ruvinasti
Ed eu chi vinni, mi passu lu mari
Cu chiddu lignu niru di vapori.

Canto calabrese dell'emigrazione

Questo libro nasce dall'immaginazione dell'autore, ogni riferimento a fatti accaduti e a persone e luoghi esistenti è casuale.

1

Mentre si guarda allo specchio e si disegna due baffetti intriganti, gli viene da pensare che manca da Rive Droite da più di due mesi. Dalla sera dell'8 marzo. Quando, alla fine dello striptease, la moglie del notaio gli aveva infilato negli slip rossi un foglietto con il suo numero di cellulare. Era stata una storia pesante da gestire e si sentiva contento di averla ormai alle spalle. Superati i quarant'anni le donne diventano troppo possessive e bisogna lasciarle stare. Non hanno la leggerezza giocosa di Caterina: se stasera hai tempo per me, va bene; se non ne hai, trovo un altro. Sono donne in attesa di un nuovo amore e di una nuova vita e non si accontentano di una storiella.

Gelose, possessive, isteriche e pericolose. Disposte a sganciare soldi ma anche a pretendere molto. Il messaggio che aveva letto sul cellulare mentre, a inizio di maggio, si trovava in palestra lo aveva fatto rabbrividire: *se stasera non vieni nella casa di Bracciano mi prendo due scatole di tranquillanti.*

Ne era uscito bene. Con un'idea geniale. Aveva chiamato il suo amico Profili, il gigolò più romantico che sia mai esistito, che si era presentato con un mazzo di rose rosse. L'aveva consolata come solo lui sapeva fare. E continuava a consolarla.

Si sente in gran forma per l'ultimo spettacolo di maggio. Poi giocherà le sue carte. Sa di avere un paio di assi tra le mani e ha fiducia in sé e nel futuro. Si guarda allo specchio e prende l'astuccio con le lenti a contatto. Ha scelto le azzurre. È una serata da azzurre. Le verdi sono troppo sentimentali. Maschera nera, occhi azzurri e baffi neri. Feroce e glaciale: praticamente il massimo. Il body elasticizzato lo fascia benissimo e mette in mostra facendo finta di nascondere. Il sospensorio gli tira un po', ma è un male necessario. Quando lo toglierà l'effetto sorpresa sarà travolgente. L'idea di Caterina si era rivelata straordinaria. Due animali che lottano per scannarsi, ma poi finiscono per amarsi. Tutti e due mascherati, però. Meglio togliersi le mutande che la maschera sul viso! Non si sa mai chi è che ti guarda.

Perché la gente voglia pagare per vedere due che fanno finta di ferirsi ma fanno sesso sul serio non l'ha mai capito. Ma pagano bene, e questo conta. Il 2002 si stava rivelando un anno veramente positivo. Il suo oroscopo lo aveva previsto. Forse qualche volta ci pigliano. Chi può dirlo veramente?

Qualcuno bussa alla porta: "Un minuto!"

Si mette sotto il palato la capsula di finto sangue da schiacciare alla prima aggressione che subirà da Caterina. Infila la maschera e la spinge indietro, per impedire che vengano coperti i baffi che si è disegnato. Gonfia i pettorali e si guarda allo specchio. Indugia appena un attimo, per non negarsi quel tanto di autocompiacimento che rafforza l'autostima. Quando esce dal camerino sente la base musicale che sta partendo e la voce di Edith Piaf:

Des yeux qui font baisser les miens
Un rire qui se perd sur sa bouche
Voilà le portrait sans retouche
De l'homme auquel j'appartiens

Sale con agilità sulla scala che lo porta un paio di metri più in alto del palcoscenico e la vede.

Caterina, mascherata da Catwoman e con una parrucca bionda, si sta strofinando a un lampione parigino di cartapesta. Un po' gatta in calore e un po' lap dance. Alle sue spalle, nella fioca luce notturna, il lungo Senna e Notre Dame.

Mon cœur qui bat

È il suo momento. Prende la corda e scende.

Catwoman si spaventa e arretra di un metro nel vedere Batman che avanza con fare aggressivo verso di lei.

2

Il sole di giugno ha già scaldato la pista ed eliminato l'umidità della notte. Le sue slick a mescola B scivolano sull'asfalto ch'è una bellezza.

Gli aerei che scendono di quota per dirigersi verso l'aeroporto di Fiumicino, e mostrare ai passeggeri il lago di Bracciano, non lo infastidiscono. È un rumore lontano che non interferisce con il suo rumore di riferimento. Sa rimanere concentrato. L'auto numero 32, verde e nera con fasce giallo oro in diagonale, che ha tamponato volontariamente alla staccata della curva dei Cimini 2, gli sta dietro una trentina di metri. *Gentlemen's agreement* direbbero gli inglesi. Leggero colpetto al paraurti per dire: togliti dalle palle che mi stai rallentando. Gli viene in mente che se si potesse sparare in bocca agli imbecilli la pista di Vallelunga sarebbe totalmente sgombra.

Ora che si appresta alla staccata della curva Esse sente tutto il piacere del cambio sequenziale. Come una volta si potesse fare senza, non è mai riuscito a capirlo. Prima a sinistra, poi a destra, spinge nuovamente i suoi 190 cavalli.

Quarta, quinta, sesta. Rallentamento alla curva Roma poi sesta piena fino alla curva dei Cimini 1. Seimilacinquecento giri e 210 chilometri. Grande staccata per arrivare ai 90 e infilare all'interno l'auto numero 26 di quel cretino di Martinelli.

È ormai impossibile raggiungere Cristoni, ha preso un

margine troppo ampio di vantaggio. Ma il secondo posto è comunque un buon risultato che migliorerà la sua classifica. Nei suoi propositi c'era quello di finire il campionato del 2002 tra i primi tre classificati e, a due sole gare dalla fine, l'obiettivo è pienamente raggiunto.

L'autocompiacimento dura una frazione di secondo e non gli toglie la necessaria concentrazione per proseguire la gara.

Pressione sull'acceleratore e curva dei Cimini 2.

Non ha bisogno di vederle. Sa che le ruote di destra sono a fare amicizia con il cordolo. Stringe il volante con sicurezza e muove le mani di pochi centimetri alla volta. Decelera e guida il muso dell'auto, sente la cintura che tira, guarda nello specchietto per verificare se il suo portafortuna è ancora attaccato ai tubi del roll-bar. È lì. Quanto basta per comunicargli una sensazione di tranquillità.

È ormai all'ultimo passaggio al Tornantino. È pronto a mettere la prima e a percorrerlo metro per metro. È una curva che non si rivela al colpo d'occhio, ma solo percorrendola. È una curva femmina. La puoi scoprire solo entrandoci.

Nuovamente la Esse, poi la curva Roma.

La curva che porta al traguardo gli è sempre piaciuta. È una curva perfetta. Una curva che non finisce mai.

Ecco la bandiera a scacchi. Secondo!

3

La pioggia di giugno pulisce il cielo per il resto del giorno e va ringraziata. Lo fanno i cittadini di Lugano, il lago e i monti. Lo fa l'antiquario Bruno Bernini mentre guarda monte Brè e si sente sollevato. Nel pomeriggio ha un appuntamento con la signorina Elsa, a Bellinzona. Tornare a Bellinzona è sempre una fatica, un salto all'indietro. Si rivivono emozioni che il tempo ha velato, a malapena, sotto la patina della normalità. Dopo aver salutato le due impiegate che curano l'atelier in sua assenza, sale le scale che lo portano davanti alla chiesa di San Lorenzo, poi inizia la piccola discesa che conduce in via della Cattedrale e dà un saluto veloce alla signora del negozio *Carta e Penna*, dove acquista inchiostri colorati e carta per la sua attività di disegnatore dilettante. Svolta a sinistra e dopo poche scale della Salita Chiattone entra nell'*Osteria Trani* e si siede al solito tavolo, proprio di fronte alla gigantografia in bianco e nero di Fausto Coppi. Meglio andare a Bellinzona a stomaco pieno.

Nonostante l'assenza di traffico e la docilità del volante, l'inquietudine di sempre lo stringe alla gola. Bruno Bernini sa che tutto può accadere. Il delirio è ancora in grado di dettare legge alla realtà. A Giubiasco, di fronte alla vecchia chiesa in pietra di Maria Assunta, la Bmw ha un'impennata e fa uno scarto improvviso. Bernini non riesce a controllarla. La Bmw è un cavallo imbizzarrito che abbandona la strada per Bellinzona e sale per via Morobbia. Dopo la curva a gomito a sinistra, che immette in via Sasso Piatto, l'antiquario compie un nuovo tentativo di invertire la marcia, ma l'operazione non gli riesce. Giunge in via Motti di Sotto ed è ormai rassegnato. La Bmw sa dove andare. Terza e seconda a scalare nelle curve più impegnative, dove le felci che debordano dal bosco sfiorano la carrozzeria dell'auto.

Bernini sente gelare il sangue nelle vene, ma non può che assecondare il motore. Arriva Pianezzo con le case ridipinte da poco e le bandiere bianco crociate esposte ai balconi. Inizia via Cantonale e la Bmw tira la terza, ha fretta di arrivare. La strada sale con curve secche che chiedono perizia e attenzione al guidatore. La strada sale ancora, finché giunge alla meta. Inesorabile come un male annunciato, giunge a Paudo. Le vecchie case in pietra con i balconi in legno e l'osteria sono lì. Senza che qualcuno abbia chiesto nulla, la Bmw si ferma. Sa dove fermarsi.

Bernini alza gli occhi oltre il cruscotto. Laggiù a ovest c'è la valle e in alto il Monte Rosa ancora innevato. Una bellezza inaudita. Non ha bisogno di guardare verso nord per vedere la cascata di Sementina e più a destra il Pizzo di Claro. Sa che ci sono. Lo ha sempre saputo. Li ha sempre visti. Per anni ha guardato dalla finestra della sua camera da letto il Pizzo di Claro, traendone auspici meteorologici. La casa in cui è stato felice con sua moglie e suo figlio è a soli venti metri. Alle sue spalle. Gli basterebbe uscire dall'auto, attraversare la strada e aprire il cancelletto di legno.

Non lo fa. Nulla è più come prima. Nulla più si può ripristinare. Un killer professionista crede di poter addomesticare la morte a proprio piacimento. Ma funziona solo per la morte degli altri e non per quella dei propri cari. Onnipotenza e impotenza. Due partite di giro che non si compensano nella vita dell'antiquario killer Bernini e danno un saldo di segno negativo. Il sole di giugno fa risplendere il verde dei boschi. Tutto è bello. Tutto è bellissimo. Un regalo della natura a chi sa apprezzarla. Bruno Bernini chiude gli occhi e vede dentro di sé cose diverse da quelle che offre la natura in quel momento. Appoggia la testa sul volante e inizia a piangere. Disperatamente.

La signorina Elsa, la responsabile della *Fondazione per l'infanzia Carlo Bernini*, accoglie l'antiquario Bernini sulla porta dell'ufficio con un sorriso più cordiale che cortese. Un sorriso vero, sincero e non di maniera. L'abituale compostezza di lui gli impedisce di fare altrettanto. Se è lì, è solo per un forte senso di responsabilità e non per arricchire la sua vita di relazione. È quasi brusco quando estrae una busta dalla tasca della giacca e la posa sulla scrivania. La signorina Elsa guarda con compiaciuta meraviglia l'assegno in franchi svizzeri che ha tra le mani e Bruno Bernini, che è seduto di fronte a lei.

"I contributi del Comune sono in netta diminuzione, quelli del Governo federale sono elargiti in proporzione al numero di abitanti e noi, essendo il Cantone più piccolo della Svizzera, otteniamo una scarsa attenzione rispetto alle reali necessità. I burocrati di Berna guardano solo le statistiche che gli fanno più comodo e nessuno considera che siamo il Cantone più povero e con maggiore disoccupazione."

"Me ne sono reso conto."

"Abbiamo famiglie di disoccupati che non sono in grado di pagare le rette per le scuole materne. E numerose famiglie di immigrati che lavorano in nero nei cantieri edili e non sanno dove lasciare i bambini. Purtroppo la parrocchia più che darci i locali gratis non può fare. Il volontariato fa la sua parte, ma si tratta di persone che hanno una loro vita e quindi ci possono fornire solo scampoli di tempo. Noi non potremmo assolutamente operare senza di lei e la sua generosità, signor Bernini."

"Sono io che vi devo ringraziare. Mi permettete di sentirmi utile e importante. Lei sa quanto sia fondamentale sentirsi in pace con la propria coscienza. La mia filosofia di vita è molto semplice, quasi rozza: o si è generosi o si è colpevoli."

Bruno Bernini, con il suo sorriso malinconico ma privo di quel tanto di esitazione che è propria dei timidi, si alza dalla poltroncina e allunga la mano destra verso la signorina. Mentre lo vede uscire dalla porta, la signorina Elsa pensa che è ancora un bell'uomo, anche se laconico e inaccessibile, e che a lei non dispiacerebbe farci un pensierino. Purtroppo il signor Bernini, l'antiquario più importante di Lugano, è sempre in giro per il mondo e quando è a casa fa una vita monacale. In giro si dice che dopo la tragica morte della moglie e del figlio non abbia più avvicinato una donna. Ma chi può dirlo con sicurezza?

4

La pioggia di New York è diversa da quella che cade in Italia. È fredda, violenta, ininterrotta. Può scendere per giorni interi senza fermarsi mai. Non rinfresca l'aria, la ghiaccia e morde le ossa.

"Oggi piovono cani e gatti" ha detto il compare di Soverato, traducendo un proverbio americano.

I lavori della costruzione della sabbevei consistono nell'aprire le strade, svuotarle di terra e pietre, posare i binari, costruire sopra un tunnel e richiudere le strade. Quattro giorni di pioggia vogliono dire quattro giorni senza lavoro e senza paga. Si può scaricare la frutta nei negozi di Broccolino, ma i compaesani ti danno pochi soldi e poi ritengono di averti fatto un favore. Al quinto giorno il cielo schiarisce e si scende in cantiere anche con l'acqua al ginocchio. La pompa che deve eliminare l'acqua dal terreno nel terzo settore si è rotta. Il grosso irlandese che ha cercato di aggiustarla ha perso la calma. Dà calci alla pompa e impreca. L'italiano cencioso con pala e piccone sulle spalle, gli si avvicina con cautela. Non si sa mai come possono reagire gli irlandesi. Sono convinti che ogni italiano abbia un coltello in tasca e che voglia usarlo contro di loro.

L'italiano poggia pala e piccone e si batte più volte la mano sinistra sul petto ripetendo una parola inglese che ha imparato da poco: mi... mi... mi... Con la mano destra indica la pompa. L'irlandese, che in quel momento odia più la pompa che i mangiaspaghetti, gli mette in mano due chiavi inglesi e va a chiamare il boss per comunicargli che con l'acqua alle ginocchia in quel settore non si può lavorare. L'italiano pensa che le macchine vadano rispettate perché rappresentano il progresso e la diminuzione della fatica dei lavoratori. Bisogna trattarle con pazienza e mai prenderle a calci. E tra un mese sarà Natale e non può permettersi un quinto giorno senza lavorare. In Italia c'è chi aspetta il suo vaglia telegrafico per fare festa. Il mangiaspaghetti si inginocchia e con l'acqua fino al collo allunga le mani tentoni per raggiungere le parti sensibili della macchina.

Quando il boss e l'irlandese raggiungono la pompa la vedono in funzione. L'italiano la sta sorvegliando e interviene nel momento che il motore perde colpi. Il boss con gli occhi chiari e le lentiggini sul naso guarda l'uomo con la pelle scura e gli occhi color carbone e pensa che anche se gli italiani assomigliano ai negri hanno qualcosa di diverso. Gli dice: "Iu uoc iaar, dis uiic." Gli indica la macchina, fa prendere all'irlandese la pala e il piccone appoggiati a una catasta di mattoni e torna alle sue cose.

5

La ragazza con il tatuaggio al polpaccio e il cane al guinzaglio sta uscendo dal parco di via del Giorgione. Si muove con ansia e dà qualche strattonata al cane, probabilmente è in ritardo per farsi la doccia e recarsi in ufficio.

Anche se è semiaddormentato e ha i muscoli ancora induriti, i neuroni di Alfredo sono già pronti per analizzare e catalogare le persone che incontra per la strada. Attenzione e catalogazione di quelli che gli passano intorno e di ciò che accade. Si tratta di una predisposizione della personalità che va in azione da sola e non necessita di attivazione cosciente. C'è e agisce.

Il cancello automatico della carrozzeria si sta aprendo per permettere l'ingresso di una Ford Mondeo che ha il paraurti posteriore tenuto insieme da molte strisce di nastro adesivo. Un gigantesco camion della spazzatura sta sollevando e svuotando i cassonetti di via Agucchi. Un gatto bianco e nero scatta e s'infila tra le inferriate di un cancello, dopo sei o sette metri si volta per controllare quell'uomo grande che corre pestando l'asfalto. In un balcone di via Mantegna c'è una signora che stende le lenzuola ad asciugare, per farlo deve avere acceso la lavatrice all'alba. E se qualcuno del condominio ha qualcosa da ridire sul rumore della centrifuga? Dalla finestrina con grata del fornaio giunge un odore di pane e di biscotti che riempie la via. Un classico pensionato in bicicletta ha qualcosa da dire a una signora che è uscita, con la sua Panda, troppo precipitosamente da un passo carraio e non gli ha dato la dovuta precedenza.

In via del Milliario Alfredo si ferma davanti alla ciminiera della vecchia fabbrica. Respira profondamente, trattiene l'ossigeno e lo fa salire più in alto possibile nella cavità toracica, poi espira e butta fuori l'anidride carbonica. Le gambe si sono già scaldate, deve solo rompere il fiato e respingere l'immancabile ricordo di Riccardo. La casa in cui abitava è a due passi. Il peso sulle palpebre è pesante. Allora ripete quello che gli ha insegnato Francesca: io libero lo spirito di Riccardo, lo libero dal mio dolore che lo imprigiona su questa terra.

Sembra che i Sioux e altre tribù di pellerossa praticassero rituali di liberazione di questo tipo. Si mettevano seduti in circolo e cercavano di liberare lo spirito dei defunti verso i grandi territori del cielo. Nessuno ha il diritto di imprigionare lo spirito dei guerrieri morti su questa terra. Nessuno ha il diritto di incatenarli al proprio dolore. Il rispetto comporta l'addio.

Di fronte al numero 27 Alfredo prende la stradina che lo porterà dentro il parco fluviale del Reno, supera la catena di accesso e prende il sentiero a sinistra.

Non c'è nessuno. La città è alle sue spalle. La città non esiste più. Non ha neanche la consistenza di un ricordo. Non esiste e basta. Alberi, erba, argini, fiume e cielo. Alfredo è smarrito. Entrando nel parco la presenza del cielo diventa imponente. C'è più cielo qui che tra le strade di Bologna. *Io libero lo spirito di Riccardo. Io libero lo spirito di Riccardo.* Alfredo aumenta l'andatura. *Io libero lo spirito di Riccardo.* Alfredo spinge sulle ginocchia. Il ponte si avvicina, il rumore delle rapide del fiume copre quello del traffico. Alfredo esce dalla quotidianità. Ha la sensazione di aprire la porta di una stanza in un sogno. L'erba ancora umida lascia il posto alla terra battuta. Le ginocchia aumentano la spinta. *Io libero lo spirito di Riccardo.* Il passaggio sotto l'arcata è in ombra e i graffiti colorati che ricoprono i mattoni sono per lo più sbiaditi.

Ipotesi più che immagini. Tracce di colore. Una grandissima catasta di legna secca lo guarda avvicinarsi. Sono i tronchi e i rami che giungono con le piene del fiume e vengono portati a riva dai custodi del parco. Alfredo ha l'impressione di giganteschi moncherini con le dita rinsecchite. Non gli piacciono. Sente un fremito e accelera il passo. Il sentiero è in leggera salita e il fazzoletto stretto sulla fronte incomincia a bagnarsi di sudore. *Io libero lo spirito di Riccardo. Io libero lo spirito di Riccardo.*

6

Mercoledì 12 giugno 2002, ore 7.25. Si legge chiaramente sul display del cellulare. La foto sul display sembra la testa di un dobermann, ma a guardarla bene è un grande boccale di ceramica nera con il manico. È stato fotografato capovolto. Il largo guinzaglio al collo del cane è un dipinto: uomini semisdraiati con una cetra in mano. Marco Magnani digita il tasto di destra e fa scorrere i nomi.

Suo cugino Alfredo è tra i primi.

Alfredo smette di correre lungo il Reno, apre la custodia da polso e prende il cellulare. Legge con sorpresa il nome del cugino e attiva la comunicazione.

"Salve, Marco. Che succede?"

"Ciao, Alfré. Sono in zona e ho bisogno di aiuto. Hai il fiatone. Stai a letto con qualche biondina?"

"Dimmi, dimmi."

"Sono uscito dall'autostrada e sto a Sasso Marconi. Mi aspettano in Ungheria per stasera, ma ho un problema con le luci dell'auto, sembrerebbe l'alternatore. L'assistenza Ford è a Bologna, in via Marco Polo. Posso arrivare a casa tua senza problemi, la strada me la ricordo bene. Devo solo evitare di spegnere il motore perché potrebbe non riaccendersi. Poi tu mi dovresti accompagnare e vediamo quanto tempo ci vuole. Puoi farlo?"

"Se è tutto qui possiamo anche pranzare insieme."

"C'è anche dell'altro. Ma te lo dico a voce."

Quando Alfredo arriva, dopo una doccia veloce, in via del Giorgione, Marco è già lì. Se ne sta con una sigaretta in bocca, appoggiato al cofano di una Focus nera. Il motore è acceso. Guardando i cerchi in lega e la carreggiata allargata, Alfredo ha la conferma che Marco non cambierà mai. Sarà sempre un galletto da esibizione. L'abbraccio è caldo ma cauto. Marco ha il mignolo e l'anulare della mano sinistra ingessati.

La battutaccia è d'obbligo: "Un marito geloso, vero?"

"Macché, macché. Lo sai che io meno e non mi faccio picchiare da nessuno. Ho preso qualche schiaffo da te solo perché eri il mio cugino più grande e non volevo mancarti di rispetto. È stato in fabbrica, da due mesi sono stato assunto alla Flaminia. Come un cretino ho lasciato le dita sotto una stampa di lavabo, cinque giorni fa. Si era bloccato un carrello ribaltatore e io ho cercato di aiutare un amico. Per fortuna si tratta di fratture composte. In venti giorni me la cavo."

"E il medico ti ha consigliato una passeggiata in Ungheria."

"Certo. Mi ha anche detto di darci dentro con le ungheresi per accelerare la guarigione."

"Allora, vado a prendere la mia macchina. Poi mi spiegherai questa sorpresa."

Quando Alfredo parcheggia vicino alla Focus di Marco lo sportello del portabagagli è già alzato.

Marco prende un borsone di pelle con la destra e indica ad Alfredo quello rimasto. Poi solleva il tappetino e indica il serbatoio del Gpl, che occupa il posto della ruota di scorta.

"Quel serbatoio è finto. Ha due maniglie per le mani e si può togliere. Lo spostiamo nella tua auto. Stai attento che pesa."

Alfredo è perplesso. Mette le mani lateralmente, a destra e a sinistra ed estrae la ciambella di metallo che contiene qualcosa di molto pesante. Una volta sistemata nel portabagagli di Alfredo la domanda è d'obbligo.

"Che ci tieni?"
"Sono cocci."
"Cocci come?"
"Come sempre. Qualcosa di buono e qualcosa fatto da noi. Meno ti dico e meglio stai."
"È un contenitore troppo piccolo per tenere dei cocci. E il tuo atteggiamento dimostra una preoccupazione alta. C'è roba piccola ma pesante e di grande valore. Molto probabilmente si tratta di fibule, anelli, bracciali e collane."
"Diciamo che si tratta di cose che appartengono alla stessa famiglia dei cocci, ma di materiale diverso. In fondo rimani sempre un mezzo carabiniere. Non credo che tu sia cambiato."
"Nemmeno tu."

Alfredo va avanti con la sua Golf, mentre Marco lo segue con la Focus. Questa separazione, necessaria per il raggiungimento di Autoservice, l'assistenza della Ford, lo è ancor di più per la salute mentale di Alfredo che fatica a contenere il disappunto. Si sente messo con le spalle al muro dall'ennesima trovata di suo cugino. Marco Magnani lo scavezzacollo. Amato dalle ragazze, aiutato dagli amici e protetto dalla famiglia. Ma incapace di tenersi un lavoro per più di tre mesi. Un simpaticone benvoluto da tutti che non riesce a sopportare i vincoli del lavoro quotidiano. Un uomo adulto che agisce con l'entusiasmo incosciente di un adolescente. Suo padre aveva messo di mezzo tutti gli amici possibili per dargli la possibilità di uno stage alla Ferrari. Il grande sogno: diventare un meccanico di Formula uno. Dopo un mese e mezzo lo avevano rispedito a casa. In Emilia se si inizia alle nove si inizia alle nove e non alle nove e venti. Con il rugby era stata la stessa cosa. Dopo un periodo con le giovanili di una squadra di serie A, era tornato a giocare a Civita Castellana perché con la sua classe e il suo fisico gli era sufficiente allenarsi solo due volte alla settimana.

Dopo qualche tomba dei lontani antenati scavata insieme a don Giulio, Marco aveva preferito dedicarsi alla riproduzione delle ceramiche antiche in un piccolo laboratorio. Si era convinto di imitare Eufronio meglio di chiunque. Volare alto nei progetti e stare in basso con la pratica. Questo potrebbe essere il motto di Marco.

Al numero 87 di via Marco Polo c'è un vero e proprio centro servizi per auto. Un meccanico, un gommista, un elettrauto, un autolavaggio, un autonoleggio, un distributore di benzina, un motel, un bar, un ristorante, un'edicola dei giornali. Una cittadella nella città. Il meccanico di Autoservice ha più o meno l'età di Alfredo, anche se i pochi capelli che ha in testa potrebbero fargli attribuire qualche hanno in più. La diagnosi viene fatta in poco tempo. C'è l'alternatore da sostituire. Oltre al tempo di lavoro c'è quello di andare in magazzino e prendere il pezzo. Il tentativo di Marco di mettere fretta si scontra con la tranquillità del meccanico.

"Lei è fortunato, signor Magnani. Se fosse venuto ieri non saremmo stati in grado di fare il lavoro. Oggi possiamo, ma i tempi sono questi. Nel pomeriggio, intorno alle cinque la macchina sarà pronta."

7

Alfredo guida verso Marzabotto in modo attento e silenzioso, ma il suo silenzio sa più di ostilità che non di concentrazione. Se n'è accorto anche Marco.

"Sai cosa mi ha detto una volta mia madre: perché non impari a parlare poco come Alfredo? Così non saresti più costretto a dire un mare di bugie. Mi sei sempre stato proposto come il cugino modello."

"Come sta tuo padre?"

"Bene. Si tiene l'artrite, ma fa finta di non averla."

"Lavora come sempre?"

"Tutto come sempre. Si lamenta di quello che faccio io e lavora all'officina della Porsche dieci ore al giorno. E non va in pensione anche se potrebbe."

"I vecchi di una volta."

"Lui ci mette molto del suo."

"Anche tu."

"Alfredo, ma tu con chi stai?"

"Tu sei il mio cugino preferito. Ma lui ha delle buone ragioni per lamentarsi."

Nonostante una professionale Moleskine per disegni e appunti, Marco non ha molto da riportare del Museo nazionale etrusco di Marzabotto. Gli oggetti che trova più interessanti sono i segnacoli tombali a cipolla in marmo lavorato, non ne aveva mai visti. Lo hanno incuriosito anche se li considera poco pertinenti rispetto ai suoi interessi professionali. Per uno che ha visitato i maggiori musei italiani, non ci sono molti reperti degni di attenzione. La notizia più rilevante che ha appreso è quella degli scheletri di maiali ritrovati senza le gambe posteriori, che ha fatto nascere l'ipotesi di prosciutti etruschi.

La strada che porta a Venola è asfaltata ma stretta e sale a strappi, una curva dopo l'altra che Alfredo deve affrontare in seconda. La vista dal piccolo cimitero è, però, fantastica. Si domina la valle del Reno e l'occhio può fermarsi sulle cime dell'Appennino tosco-emiliano. È Alfredo il primo a parlare.

"Qui è come sul Soratte. Potremmo venire all'alba e ricavare auspici dai voli degli uccelli come i nostri lontani antenati. Volo in gruppo e volo isolato. Verso il sole o in direzione opposta. Ricordi?"

"Certo. Tu e Riccardo eravate fissati per ricavare i segni. Io sono sempre stato molto concreto come don Giulio. Gli uccelli sanno del destino meno di quanto ne sappiamo noi, quindi, invidiamoli perché sanno volare e niente di più."

"Tu e don Giulio eravate i sapientoni scettici del gruppo."

"Pur essendo il più piccolo avevo molto sale in zucca."

"Va là, va là. Non essere troppo modesto altrimenti non ti riconosco più."

"Al di là degli auspici, se le crescentine saranno buone come la vista, abbiamo fatto bene ad arrampicarci fin quassù."

"Vedrai, Marco. Ti ho mai portato a mangiare delle schifezze?"

Le crescentine si ottengono impastando la farina con lievito e latte, qualcuno aggiunge anche birra. Poi vengono fritte nello strutto o anche in olio di semi di arachide. Si mangiano calde con i salumi o con i formaggi molto freschi. È un cibo molto popolare e ogni famiglia, e ogni ristoratore, ha i suoi piccoli segreti e i suoi dosaggi per raggiungere un particolare equilibrio tra gli ingredienti. Nell'agriturismo dove Alfredo ha portato Marco fanno crescentine poco unte perché aggiungono all'impasto un cucchiaino di aceto. Mentre Marco si lancia con entusiasmo sul piatto dei salumi, Alfredo è più cauto. L'età fa rallentare il metabolismo e per lui mantenere il peso è diventato problematico. Sa di avere ancora degli addominali di tutto rispetto, anche se sono avvolti da un qualcosa che gli fa tirare i pantaloni in vita.

"Come mai questa scelta della ceramica Flaminia?"

"Non sono io che ho abbandonato l'interesse per la stoviglieria, è la stoviglieria che mi ha abbandonato. A Civita le fabbriche di piatti stanno fallendo una dietro l'altra. L'arrivo dei prodotti cinesi sul mercato è stato sconvolgente e travolgente e non ci siamo salvati. Con i sanitari ce la facciamo ancora a tenere botta. Non più piatti e insalatiere ma lavabi, bidet e water. Una volta si chiamavano cessi, ora che ci siamo globalizzati li chiamiamo water. Anche se servono sempre alla stessa cosa. Una volta si usava il termine cesso anche come insulto. Se adesso dici: quella ragazza mi sembra un water, fai la figura dello scemo. Sono andato alla Flaminia perché mi è capitata un'occasione e ho voluto dare una soddisfazione a mio padre. Niente lavoro interinale ma un'assunzione a tempo indeterminato. Ti ho sorpreso, eh?"

"Mi sorprenderebbe di più se tra sei mesi tu fossi ancora lì."

"Tranquillo, cuginone. Se andrò via sarà solo per migliorare la mia posizione. Mai più vagabondaggi. Non dimenticare che ho superato i trent'anni."

La bontà delle crescentine, del salame artigianale, del pignoletto frizzante e l'affetto per Marco impediscono ad Alfredo la voglia di ribattere e di rimarcare che discorsi del genere erano già stati fatti in passato. Più volte era stato coinvolto nel tentare una mediazione tra lo zio e Marco. Tra una persona troppo ragionevole e una completamente irragionevole. Tra un uomo maturo e un adolescente immaturo. Tra un artigiano saggio e uno studente spregiudicato. Tra chi ha visto molto del mondo ma un poco alla volta e chi vuol vedere tutto in un colpo solo. Ne era sempre uscito sfiancato e con le ossa rotte. Come un grillo parlante. Ora non ne aveva più voglia. Ci sono strade segnate ed è difficile che qualcuno abbandoni la propria. A suo modo, Marco è anche un bel tipo e grossi pasticci non ne hai mai combinati.

Il lavoro di Alfredo lo ha abituato a guardarsi intorno con attenzione e raramente i suoi occhi sono distratti. Immagazzina i dati e prima o poi li rielabora.

Per questo dopo il recupero dell'auto di Marco, il collocamento al suo posto della ciambella del Gpl e i saluti per la partenza del cugino, ha una strana sensazione. Ha l'impressione di aver visto un'automobile per due volte nello stesso giorno. Sia al mattino che nel pomeriggio. Sempre nei pressi dell'assistenza Ford di via Marco Polo. Si tratta una Mercedes argentata con targa tedesca e con tre uomini a bordo.

8

Il Reno nasce a ridosso dei faggi dell'Appennino tosco-emiliano e scende velocemente fino a Bologna, si ingrossa e si impigrisce in pianura, poi con un gesto d'orgoglio rifiuta di confluire nel Po e finisce in mare dopo aver sfiorato le valli di Comacchio. Molte manifatture e molti mulini hanno utilizzato l'allegra energia delle sue acque e molte generazioni di lavandaie vi hanno immerso mani e lenzuola. Molte generazioni di contadini hanno irrigato, e irrigano tuttora, i campi con le sue acque. Molte generazioni di amanti hanno trovato ricovero tra i suoi canneti. Molte generazioni di pescatori hanno provato momenti di entusiasmo seduti sugli argini. Gli Etruschi utilizzarono i ciottoli del fiume per realizzare le fondazioni a secco delle loro abitazioni a Marzabotto.

Mentre prende il caffè, il signor Natalino Roffi di Bologna guarda con emozione il calendario 2002 che tiene agganciato al muro. Ci sono un asterisco con pennarello rosso e due sottolineature in blu in corrispondenza di giovedì 20 giugno. Tra quattro giorni esatti partirà per le vacanze in Scozia e si godrà dieci giorni di pesca al salmone: il più bel momento dell'anno.

Scotland: the home of salmon fishing! Così è scritto sul dépliant dell'agenzia di viaggi. Bisognerebbe anche aggiungere: patria della birra scura e di qualche ragazza molto generosa nei confronti di chi viene da un paese come l'Italia. Gli amici del bar Lame fanno gli spiritosi quando lo vedono con qualche libro d'inglese.

Ma non hanno ancora capito che il vero muscolo che affascina le fanciulle è il cervello. A darci dentro con il colpo di reni sono buoni tutti, anche gli imbecilli e gli stupratori. È solo forza bruta. È facile fare battute da esperti del mondo, e delle donne, seduti vicino al bigliardo con tre camparini in corpo. Gente che se è scesa un paio di volte più in giù di Riccione è già tanto. L'importante di un viaggio non è quello che si racconta, ma quello che veramente si combina. Lui ha capito che le ragazze scozzesi non hanno la puzza sotto il naso come le londinesi. Quelle se non hai studiato a Oxford non ti cagano nemmeno se stai in fin di vita.

Insieme al caffè Natalino pregusta il futuro e lascia che i suoi pensieri frammentari si ricompongano un poco alla volta in una considerazione unica. È tanto contento della Scozia e delle ragazze scozzesi che se riuscisse a trovare un lavoro da quelle parti, ci farebbe volentieri un pensierino.

Per oggi si accontenterà ancora del Reno. Mette i barattoli con le esche nel borsone, prende l'auto dal garage e va verso Malacappa.

Le carpe sono nel periodo di riproduzione e il carp-fishing è vietato. Si tratta semplicemente di osservare i loro movimenti e pasturare, in modo che si abituino alle nuove esche che ha intenzione di utilizzare.

Di sabato non c'è mai molta gente per la strada e Natalino può arrivare velocemente e parcheggiare in piena comodità in modo da garantirsi l'ombra di alcuni grossi ontani neri per buona parte della giornata. Alle lasagne del ristorante che si trova a pochi metri dall'argine non ha intenzione di rinunciare.

Prende il borsone dal portabagagli e, pieno di buonumore, si arrampica sull'argine. Può fischiettare con tranquillità, le carpe non si infastidiscono.

È un'ora che gli piace molto. Il sole si sta alzando, ma non lo è ancora abbastanza per il fiume che è circondato da alti argini. Questa è l'ora in cui il sole entra nell'acqua un po' alla volta. Il fiume prende luce e i pesci se ne accorgono perché il sole di giugno è caldo. Per un appassionato è proprio un bel vedere. A causa della riproduzione le carpe si muovono velocemente riunite in gruppi tra canneti, erbe e pozze naturali create dalle anse del fiume.

La luce entra lentamente, quasi trasversale e illumina lo specchio d'acqua evidenziandone la limpidezza e il fondo. È sul fondo che Natalino vede chiaramente qualcosa di bianco che sembra una camicia e la sagoma di un uomo.

9

"Ci tocca lavorare anche di domenica, caro Di Nicola. Devo riconoscere che in questo giugno afoso l'ambiente che ci sta accogliendo è fresco e ameno."

"Cinismo e sarcasmo, come sempre. Potevi fare il medico di base anziché il medico legale."

"Ma figuriamoci! Tutta la vita a distribuire sciroppi per la tosse e spray per le allergie a vecchi aterosclerotici. E palpare tette avvizzite alla ricerca di noduli per tranquillizzare signore isteriche. Un bel cadavere con il fisico da statua greca come questo quando mi sarebbe capitato?"

"Di sicuro questo cadavere ci dice che non appartiene a qualcuno che voleva suicidarsi."

"Hai ragione, Di Nicola. Mai visto uno che si lega due pesi da palestra da dieci chili con il fil di ferro alle caviglie e poi si getta nel Reno. Ci sono modi più semplici e meno faticosi per morire. In quel punto gli argini sono alti circa sei o sette metri, pensa che fatica trasportarsi dietro venti chili di zavorra."

"Quindi anche tu ritieni che sia stato aiutato."

"Non c'è acqua nei polmoni. Era già morto quando è stato gettato nel Reno. È stato colpito con forza al cranio e poi strozzato con un filo di rame, forse roba da elettricista. Ma le cose non sono mai semplici. Questo cadavere ci manda segnali molto contrastanti, caro Di Nicola."

"In che senso?"

"L'unica scarpa rimasta al piede sinistro e i jeans ci dicono che si tratta di una persona che veste alla maniera sportiva ma elegante dell'ultimo periodo. Il corpo ci fa sapere che appartiene a un uomo di circa trent'anni e che è lì da non più di quindici giorni. Più meno che più. Il bracciale d'oro che aveva al polso sinistro ci dice che esiste da circa duemilacinquecento anni."

"Mi stai pigliando in giro?"

"Non ci penso proprio. Il bracciale è stato realizzato con il sistema della granulazione."

"Ovvero?"

"Minuscoli grani d'oro vengono saldati su lamine sottili per disegnare delle figure, in genere di animali. Lo usavano gli Etruschi."

"Sei sicuro?"

"Certamente. Il primo interrogativo è che ci fa un uomo del terzo millennio con un manufatto di quel tipo dentro il Reno? Il secondo è come mai chi lo ha fatto fuori non si è preso un oggetto di così grande valore? Io mi sono fatta un'idea. Anche noi medici siamo in grado di far muovere i neuroni. Se vuoi te la dico."

"Dimmela."

"Il bracciale lo hanno lasciato perché tutti sapessero che non è stata una rapina. Lo hanno messo in acqua solo per impedire che si potesse rintracciare con precisione il giorno e il momento dell'omicidio, non avevano intenzione di occultare a tempo indefinito il cadavere. È come se avessero firmato l'omicidio, ma abbiano cercato di rendere le cose complicate per chi deve indagare."

"Bravo. Dovresti abbandonare bisturi e forbici e venire ai piani alti della Questura. Quindi: non l'hanno ucciso per derubarlo e ci tengono che si sappia. Non sono teppisti da quattro soldi, ma professionisti che vogliono mandare un messaggio a qualcuno."

"Penso proprio di sì."

"Hai preso le impronte digitali?"

"Non è necessario. Ma i tuoi collaboratori non ti tengono informato? Devo fare tutto io."

"Va là! Va là! Non tirartela troppo. Porca Maiella!"

"Questo bellissimo giovane con pettorali e quadricipiti femorali da atleta olimpico aveva ancora in tasca il portafogli. C'erano seicento euro in contanti, un bancomat, una carta di credito e un documento d'identità."

"Chi era?"

"Marco Magnani. Nato a Sanremo e residente a Civita Castellana."

10

È un film rivisto o è una storia vera che continua per l'ennesima puntata? C'è un cadavere da identificare e c'è qualcuno che lo deve fare. Sono passati solo cinque giorni da quando siamo stati all'officina Autoservice. Marco è partito per l'Ungheria, ma ha fatto solo pochi chilometri ed è finito nel Reno.

Passano gli anni, cambiano i cadaveri, ma la persona incaricata del riconoscimento è sempre la stessa: Alfredo Magnani.

I genitori dopo l'incidente automobilistico. Poi Marilena. Poi Riccardo. E ora Marco.

Nessuno che sia riuscito a morire nel proprio letto. Nessuno con cui potersi dire addio. Strappati brutalmente alla vita. Strappati brutalmente al suo affetto. Si fa tanta fatica per capirsi e per imparare a fidarsi l'uno dell'altro. Per cercare un percorso comune, per cercare di arrivare chissà dove.

Quello che è certo è solo lo strazio della separazione.

Alfredo è seduto sul divano e ha in mano il telecomando. Ha acceso il videoregistratore e sta vedendo il film dei film: *Highlander*.

Quando Connor e Heather fanno l'amore nell'erba, lei gli dice: "Lo faremo per tutta la vita." E lui risponde: "Sì, mio amore. In eterno."

Alfredo preme il fermo immagine. Sa che sta per partire la colonna sonora.

There's no time for us
There's no place for us

Dopo la morte di Marilena ha visto il film decine di volte. Quando ci si deve attaccare a qualcosa per sopravvivere, e non c'è nient'altro, si può ricorrere al dolore. È meglio di niente. Lui lo sa. E sa che a volte il ricorso al dolore può diventare un vizio.

Alfredo non ha mai gioito più di tanto per la morte del cattivo Kurgan. È stata solo e soltanto una necessità. Heather-Marilena era una scelta ed è diventata una perdita. Le cose belle non dovrebbero finire mai. Vivere insieme, invecchiare insieme, morire insieme.

Alfredo esce dall'inerzia del dolore e fa ripartire la registrazione. Ha bisogno di questi momenti. Non si finisce mai di tirare fuori il dolore per la perdita di chi hai amato. È un pozzo senza fine.

Who wants to live forever
Who wants to live forever

Who dares to love forever
When love must die

Artù sta miagolando insistentemente. È il segnale di una fame seria. Alfredo prende la scatola dei croccantini e ne versa un po' nella ciotola. Non è un moto di tenerezza quello che lo assale mentre vede il gatto mangiare. È un pensiero angoscioso.

Anche tu mi lascerai un giorno e io dovrò firmare un modulo di merda in cui riconoscerò che quel corpo inerte sei proprio tu. Alfredo non ce la fa a resistere. Le bestemmie gli arrivano dal cuore. Si volta di scatto e allunga tre violenti calci al frigorifero. Il gatto smette di mangiare e scappa in un'altra stanza.

11

L'abitazione del dottor Di Nicola è in via Arienti a poche centinaia di metri dall'ingresso del più famoso parco cittadino e, nonostante la piccola distanza, lui ci arriva già abbondantemente sudato. Vuoi la panciera di gomma che tiene sotto la felpa, vuoi questo giugno già caldo alle sette di mattina, vuoi i chilogrammi di troppo, quando entra nel viale principale dei Giardini Margherita sente già il bisogno di una doccia.

Per Di Nicola essere lì è una terapia. Lo considera come lo sciroppo amaro per la tosse: fa schifo ma si manda giù lo stesso. È sempre stupito di quanti, pur essendo giovani e magri, si assoggettino alla stessa terapia. Per di più con le cuffie alle orecchie e in canottiera. Stupito ma non abbastanza da sentirsi inadeguato, continua a stare bene nel suo corpo e nella sua età senza nessuna esigenza di perdere chili e mostrare meno anni di quelli che ha. Ma i consigli urlati a brutto muso da un amico medico vanno presi sul serio. Se non altro come forma di rispetto nei confronti di una vecchia amicizia. Superata l'ombrosa galleria creata dagli ippocastani, al primo incrocio Di Nicola va sulla destra e mantiene il suo passo senza preoccuparsi di quelli che lo superano.

Il trentenne con la canottiera bianconera degli Spurs ha una falcata leggera e attraversa il piccolo avvallamento di terreno, completamente in ombra, arrivando alle spalle del poliziotto senza che se ne accorga. Rallenta, controlla la fascia che tiene sulla fronte e lo affianca.

"Se il capo della Mobile di Bologna non si fida del suo cellulare e mi dà un appuntamento tramite il mio amico tappezziere io faccio due ipotesi. O si è rincoglionito o la merda che ci circonda è così tanta da dovermi preoccupare."

"Porca Maiella! Magnani. Mi piombi alle spalle come un assassino e poi fai l'uccello del malaugurio. Prima di tutto smetti di correre e mettiti al passo. Un passo sportivo, ovviamente. Secondo: cosa ci andava a fare in Ungheria tuo cugino?"

"Donne."

"Solo donne? Dai, giochiamo pulito. Io ti dico quello che so e anche quello che non dovrei. Tu fai lo stesso. Non facciamo dei torti alle nostre intelligenze. Hanno ritrovato la Focus di tuo cugino."

"Dove?"

"Vicino Ortisei. A pochi chilometri dall'autostrada per il Brennero. Era in un dirupo e mancava il serbatoio del Gpl. Ci siamo informati dal meccanico dell'Autoservice di Bologna. Tuo cugino gli aveva detto che l'impianto Gpl era rotto e non funzionava. Il meccanico voleva fare il gentile e dargli un'occhiata, poi si è accorto che l'impianto sembrava a posto, ma non c'era il serbatoio. L'ha trovata una stranezza ma ha preferito non chiedere nulla al cliente. La mia professione è fare indagini e mi sono posto delle domande."

Di Nicola, da bravo poliziotto, fa una breve pausa per creare inquietudine in chi si aspetta la domanda e ne approfitta per bere un sorso d'acqua. Soltanto piccoli e graduali sorsi, aveva affermato l'amico medico.

"Non è normale che in una macchina di otto mesi, quindi in garanzia, si vada in giro con un impianto rotto proprio prima di un lungo viaggio in cui l'alimentazione a Gpl avrebbe comportato notevoli risparmi. È una cosa senza senso. Perché sprecare tanti soldi per acquistare un impianto Gpl e non utilizzarlo? E ce n'è un'altra: che fine ha fatto la ciambella del gas? Cosa portava tuo cugino nel serbatoio?"

Un bancario, con cui Alfredo è stato a karate per qualche anno, li incrocia dall'altra parte del vialetto, corre a torso nudo e tiene una maglietta bianca nella mano sinistra. Fa un cenno della testa verso Alfredo che gli risponde con la mano ed è contento di perdere qualche secondo prima di affrontare la domanda del vicequestore.

Si fa presto a dire di giocare pulito se sei un poliziotto e tieni in mano il mazzo di carte. Quanto giocare pulito? Di Nicola ha qualche credito da spendere con la Ditta e gode della sua stima. Cosa ha da perdere dicendogli la verità?

"L'ho aiutalo a spostare il serbatoio perché non voleva lasciarlo dal meccanico, poi l'ho aiutato a rimetterlo al suo posto. Aveva delle difficoltà a causa delle dita fratturate."

"Questo vuol dire che è partito da Bologna con il serbatoio. Come mai quando abbiamo ritrovato l'auto non c'era?"

"Con Marco abbiamo parlato del contenuto del serbatoio, ma cosa effettivamente ci fosse non l'ho visto. Con una buona approssimazione direi che ci fossero gioielli antichi, qualcosa di vero e molto di falso."

"Come quel bracciale che portava al polso?"

"Sì. Penso proprio di sì."

Un vicino di casa del vicequestore è seduto su una panchina all'ombra e lo saluta con grande cordialità, il poliziotto ricambia. È un ultra ottantenne che viene a prendere il fresco del mattino accompagnato da una badante rumena. Di Nicola non ha ancora capito se abbia più tenerezza per lui o per l'immagine futura di sé stesso che gli evoca.

I suoi pensieri vengono ridimensionati dall'abbaiare rabbioso di due cani che anziché gioire per la pulizia dell'intestino e la liberazione della vescica si sono presi in antipatia.

Il gruppo di praticanti di Tai Chi Chuan, che è lì a due passi dai cani, continua a eseguire gli esercizi con una tale imperturbabilità da turbare il poliziotto.

“Se tanto mi dà tanto, caro Alfredo. Qualcuno sapeva cosa c’era nella ciambella al posto del Gpl e la strada che avrebbe fatto tuo cugino per andare in Ungheria. E se anziché gioielli ci fosse stato qualcos’altro?”

“Posso escluderlo.”

“Perché?”

“Quando io avevo quindici anni e Marco dodici, don Giulio ci prese da parte. Ci fece un discorsetto che suonava più o meno così. Se mi dicono che bestemmiate o già vi date da fare con le ragazzine non mi preoccupo. Sono affari tra voi e Dio, e con una buona confessione si sistemano. Ma se scopro che prendete e spacciate quella roba che fa friggere il cervello vi riempio di cazzotti. E non sulle spalle, in faccia.”

“E io devo credere alle promesse di due boy scout impauriti?”

“Don Giulio veniva da una famiglia di cavatori di marmo delle Alpi Apuane e aveva un braccio che faceva male. Marco non usava sostanze perché sarebbero state in contrasto con la sua personalità. Era il tipo che rifiuta ogni vincolo perché ama sentirsi totalmente libero. Eroina e cocaina sono compagne di viaggio troppo possessive per uno che ci tiene a essere indipendente e senza alcun tipo di legame.”

Di Nicola si avvicina alla gabbia di metallo dove ci sono i tappeti elastici per far saltare i bambini e dà un’occhiata ai prezzi. Ci sono tariffe per un quarto d’ora, per mezz’ora, per un’ora intera. Un bravo nonno deve conoscere tutte le opportunità che un luogo riserva per la felicità dei nipoti e lui non ha intenzione di essere un nonno sprovveduto. Apre la bottiglia di acqua e, prima di sorseggiare, affonda le parole per verificare la capacità di reazione di Alfredo.

“Quindi era il corriere ottimale. Quello che non ruba qualche dose per l’autoconsumo.”

12

Mentre sorseggia un po' d'acqua, Di Nicola si domanda se chi li vede passare stia pensando che sono padre e figlio oppure una coppia gay. Tutte banalità. La realtà supera sempre ogni immaginazione e loro due stanno lì a dimostrarlo.

La voce di Alfredo lo riporta alla vera ragione per cui sono lì.

"Perché io e non i Carabinieri?"

"Perché alla Procura Distrettuale Antimafia di Roma sentono puzza di bruciato dentro l'Arma."

"La Polizia e la Guardia di finanza?"

"Non hanno molta voglia di fare uno sgarbo ai Carabinieri. Se poi si trattasse di un buco nell'acqua finirebbero per pagare dazio. Preferiscono stare defilati e, caso mai servisse, arriveranno con le trombe come il settimo cavalleggeri per prendersi tutti i meriti. Siamo in Italia, ragazzo. Prendersi delle responsabilità non piace a nessuno, condividere i meriti e salire sul carro del vincitore piace a tutti. Per le competenze lavorative e il ruolo sociale che potresti recitare tu hai le caratteristiche giuste. Ti impicci e indaghi per vendicare tuo cugino. Per i tuoi paesani e per i carabinieri di Civita Castellana sembrerà una cosa normale. Un rompicoglioni che viene da Bologna e crede di essere chissà chi."

Di Nicola si affaccia da uno dei due piccoli ponti che permettono di superare il lago artificiale e rimane sorpreso nel vedere decine di tartarughe che sguazzano nell'acqua verde.

Quand'era ragazzino gli avevano regalato una tartarughina, ma non avevano fatto amicizia più di tanto. Il suo amico segreto era un riccio.

Nascondeva sempre un pezzetto di carne o di salume per portarglieli dopo cena, era un appuntamento fisso. Per quasi un anno intero il riccio era stato puntuale, poi scomparve. A lui dispiacque moltissimo. Fu la prima separazione dolorosa della sua vita. Allora comprese che, per una ragione o l'altra, quelli a cui vuoi bene prima o poi non li vedi più. Ora che è vecchio ha capito che l'infanzia finisce in quel momento: con una perdita. Si volta verso Alfredo e ha l'impressione di vedergli in faccia tutte le perdite che ha subito di recente. Il pensiero che gli sale dal cuore è più tenero che amaro e sa di fratellanza. *Quante infanzie abbiamo lasciato indietro io e te.*

"Apri bene le orecchie, per capire con chi hai a che fare. Prenditi qualche minuto per riflettere, poi mi dici cosa ne pensi."

"Sto ascoltando."

"Dopo il crollo dei cartelli colombiani della coca la produzione si è frammentata in migliaia di piccoli produttori e piccoli trafficanti. Ognuno per sé, alla disperata. Cercando di sopportare i taglieggiamenti dei guerriglieri che combattono il governo e quelli dei gruppi paramilitari che combattono i guerriglieri. E cercando di sfuggire alle fumigazioni con pesticidi finanziate dagli americani. Molte coltivazioni sono state decentrate in Perù e Bolivia, ma la pasta di coca viene sempre lavorata in Colombia. Nonostante questo caos in Colombia si riesce a produrre circa l'ottanta per cento della cocaina mondiale e gli unici che hanno conservato linee di contatto e di approvvigionamento costanti sono alcune famiglie calabresi. La famiglia Tataranni-De Giacomo ha caratteristiche molto particolari. Molti anni fa Domenico Tataranni rimase vedovo e con un figlio di cinque anni. Si risposò con una colombiana da cui ha avuto una figlia. Una volta l'anno la coppia passa un periodo di vacanza in Colombia e altre volte sono i cugini e i nipoti di lei a venire in Italia. C'è soltanto un senso della famiglia molto sviluppato o c'è dell'altro?

Domenico Tataranni, detto Mimmo, è un sessantacinquenne che dopo aver girato il mondo ha deciso di fermarsi a pochi chilometri da Roma. A Ronciglione.

"E cosa fa a Ronciglione?"

"Gestisce un ristorante e un albergo che implicano un notevole andirivieni di persone in prossimità del lago di Vico. La sorella di Tataranni vive anche lei nella casa sul lago e dirige la cucina. Suo marito è un De Giacomo, attualmente nel carcere di Rebibbia, a scontare una pena di sedici anni. Mentre la moglie ha deciso di stare vicino al marito, i suoi due figli fanno gli imprenditori all'estero. Curano gli investimenti 'puliti' della famiglia: ristoranti, villaggi turistici e centri benessere, aziende agricole. Uno in Spagna e l'altro in Canada. I Tataranni-De Giacomo hanno scelto una posizione strategica vicino alla capitale, abitazioni isolate e accessi facilmente difendibili, gran via vai di persone e quindi difficili controlli per le forze dell'ordine. Non solo le centinaia di clienti che ci sono nei matrimoni e le cresime, ma le decine di fornitori di frutta, di carne, di vini, di ogni genere alimentare. In più ci sono lenzuola, asciugamani e tovaglie da lavare. E quindi lenzuola, asciugamani e tovaglie lavate. Un movimento continuo di automobili e furgoni. Siamo sicuri che negli imballaggi caricati e scaricati ci sia solo quello strettamente necessario per mandare avanti un albergo?"

"E quale potrebbe essere la relazione con mio cugino?"

"Questo lo devi scoprire tu. Ti ripeto, non abbiamo prove ma indizi. Forti e chiari ma non possiamo farcene nulla. Un tossico ritrovato dalla missione archeologica subacquea in fondo al lago di Vico aveva due pesi da palestra alle caviglie. Era un informatore dei carabinieri e aveva parlato di un gruppo romano che sta cercando di monopolizzare il commercio di reperti etruschi e di alcuni tombaroli picchiati perché volevano gestire in proprio i loro affari. Nella vicenda si stanno inserendo alcuni calabresi che hanno offerto protezione ai tombaroli viterbesi, che hanno finito per trovarsi tra due fuochi."

"E mio cugino ha fatto la stessa fine."

"Esattamente. E nelle campagne di Siderno, come furono trovati sei cadaveri in una cisterna che raccoglieva acqua piovana qualche anno fa?"

"Con i pesi da palestra alle caviglie."

"In questo nostro mondo non solo le mutande sono griffate ma anche gli omicidi."

"È proprio necessario che ci sia un intervento anomalo, ai margini della legalità?"

"Il vecchio Tataranni è un incensurato. È un tipo molto affabile e si è ben allargato nelle relazioni che lo possono aiutare a inserirsi nel territorio. L'anno scorso il sindaco di Ronciglione ha tenuto il suo banchetto di nozze al *Piccolo Lago*. C'erano un sottosegretario all'Agricoltura e due senatori, uno di un partito di governo e l'altro di un partito di opposizione. Due assessori della Provincia, un vescovo, un colonnello dei Carabinieri e il tenente Berlingozzi di Civita Castellana che tu già conosci."

"Si sono piazzati bene."

"Molti dipendenti della struttura alberghiera sono calabresi. Di recente alcune guardie forestali della Sila sono state assunte dalla direzione del Parco Riserva del lago di Vico. Si è creata una vera e propria enclave dove si mangia soppressata e peperoncino. E c'è anche dell'altro, Alfredo. Il dottor Lisco e il suo referente romano sono convinti che i Tataranni-De Giacomo abbiano appoggi ancora più in alto. Per questo siamo qui. Per non lasciare traccia o documenti scritti delle nostre azioni."

"Aspettate che io tiri fuori gli assi?"

"Sì. Io sono il tuo unico referente. Il dottor Lisco è il mio. Del collega di Lisco, quello della Direzione Antimafia, non so nemmeno il nome. Siamo quattro soggetti legati a un doppio filo di stima e di fiducia, ma non sappiamo su chi non si può contare tra quelli che ci circondano. Per scoprire le carte dobbiamo almeno avere in mano un poker d'assi."

Di Nicola indica una panchina all'ombra. Dopo essersi seduto e aver sorseggiato un po' d'acqua, dà un'occhiata all'orologio, poi cerca gli occhi di Alfredo.

"Accetti."

"Certamente."

Non c'è esitazione nella voce e nello sguardo del giovane Magnani.

"Allora mi hai portato quello che ti avevo chiesto?"

"Sì. Questi sono due cellulari sicuri. Uno a lei e uno a me. Sono intestati alla signora Daniela Randi, la mamma del mio amico Loris, il tappezziere. Li usiamo soltanto per relazionarci tra noi due. Nessun altro sa della loro esistenza. Meglio usare gli sms che la voce. Nessun microfono direzionale può intercettare quello che scriviamo."

"Se puoi, mandami un resoconto giornaliero. In condizioni ambientali ottimali ci mandiamo due squilli di avviso e facciamo una chiacchierata."

"È sempre utile mettere la mano davanti alla bocca ed essere vicini a fonti di rumore. Per maggiore prudenza è meglio utilizzare un codice per evitare i nomi reali."

13

La minestra di fagioli e cicoria fuma nel tegame di coccio, ma nessuno dei presenti se ne interessa. Né la mamma né la bambina. Non è come le altre volte.

Assunta ha appoggiato il gomito destro sul tavolo di legno e, come per sostenere il peso di quello che sta leggendo, ha messo il mento nell'incavo della mano destra. Assunta ha frequentato la scuola fino alla seconda elementare, perché secondo suo padre una donna che sa fare di conto è utile in casa. Sa leggere muovendo le labbra. È sempre in agitazione quando arrivano le lettere di suo marito. Legge velocemente e poi racconta, ad alta voce e con eccitazione, alla piccola Rosaria quello che accade laggiù, a Broccolino. Oggi Assunta sembra un pezzo di legno. Legge e rilegge, muovendo le labbra ma senza muovere le braccia e le spalle. A un certo punto si alza dalla sedia, va a prendere la brocca dell'acqua, la rovescia nel catino e vi immerge la faccia. Poi corre verso la figlia con la faccia bagnata. L'abbraccia con grande forza. L'alza verso di sé e inizia a baciarla ripetutamente, bagnandola tutta. Gli occhi, il naso, le guance, la bocca, le orecchie, il collo. Assunta sembra impazzita. Mette la bambina a terra e si inginocchia per avere i suoi occhi all'altezza di quelli di lei. Accarezza i capelli di Rosaria con tutte e due le mani. Mentre le scendono le lacrime dagli occhi, le dice: "Nui jàmu. Jàmu in Merica pure noi." Poi prende la lettera e corre fuori dalla cucina, chiamando sua madre e le sue sorelle.

Il marito di Assunta era partito nel 1913, quando la bambina aveva tre anni. Aveva sempre scritto regolarmente e inviato dei vaglia postali. Era stato don Duilio a consigliarlo di fare così. Le buste con dentro i dollari spesso non arrivavano a destinazione. Prima di partire lui aveva detto alla moglie: "Eu tornu, oppùru vui veniti in Merica." Ma Assunta era divorata da un tarlo. Aveva saputo di alcuni uomini che si erano risposati e fatta una nuova famiglia in Merica. Avevano cambiato nome e città e nessuno sapeva dove trovarli, perché Merica era grandissima. Aveva fiducia in suo marito, ma aveva sentito dire che il sabato sera le mericane vanno a ballare e poi portano gli uomini a dormire nelle loro case.

Urlando la sua felicità verso la madre e le sorelle, che avevano contrastato il suo matrimonio, rivendicava la sua autonomia e la sua vittoria. Ho fatto bene a sposarlo perché è un brav'uomo. Ho fatto bene a sposarlo, anche se era più povero di me. Ho fatto bene a sposarlo anche se aveva amici socialisti. E lui non ha cambiato nome e città. E adesso ci vuole a Broccolino con lui.

14

Alfredo sta tornando dal cimitero di Borgo Panigale, è andato a trovare Riccardo prima di partire per Civita Castellana. È a piedi. È un pellegrinaggio e non ha senso l'automobile. Fa lo stesso quando va in Certosa, dove è sepolta Marilena. Quando ci si avvicina alle persone amate che non ci sono più è necessario, più che mai, riprendere un filo della memoria per diminuire il peso dell'assenza. Ricordi di baci e di litigi. Di carezze e di sospiri. Di bugie e di sincerità. Di ciliegie rubate e di tombe etrusche. Di bagni nel Treia e di banchi di scuola. Di discoteche di Rimini e di palestra. La mente è in sintonia con la velocità delle gambe, non con quella dell'automobile. Il marmista. Il giornalaio. Il fornaio con i buoni biscotti di una volta. La concessionaria di auto. Il ponte sopra la ferrovia. Il benzinaio. La parrucchiera. Il ponte sul Reno. La trattoria. Il bar con le brioche buone e quello con quelle scadenti. E il santuario di San Luca che guarda da lontano. Un passo dopo l'altro alimenta e tiene vivo l'affetto per il pezzo di strada fatto insieme.

E la strada fatta insieme è fatta per sempre. Bisogna impedire al tempo e all'assenza di cancellarla. Un passo dopo l'altro. Bisogna andare lentamente per arrivare preparati all'appuntamento con una lapide. Quello che i ritmi del lavoro e le pratiche giornaliere hanno eliminato dalla quotidianità va ripristinato un passo dopo l'altro. Si tratta soltanto di evitare gli eccessi: oblio totale o strazio inconsolabile.

Alfredo sa che il suo problema è trasformare il dolore in semplice ricordo, in qualcosa che non gli impedisca di vivere. Il passato è qualcosa da cui prendere slancio e non una buca in cui cadere. Facile a dirsi ma non a farsi. Si ferma sulla ringhiera del ponte, a guardare la pattuglia di quelli che con sdraio e asciugamani stanno a prendere il sole in riva al Reno. Non c'è molta acqua e le pietre del fiume, levigate dalle piene invernali, sono di un bianco abbagliante. Con poca acqua o molta acqua il Reno continua a scorrere per raggiungere il mare. Invece lui è impantanato. Passato, presente e futuro gli pesano talmente da non riuscire a muoversi. L'inerzia lo blocca. Desiderio e realtà non sempre vanno d'accordo.

Uno che si è abituato a vivere da solo e a lasciare mutande e calzini dove capita. Uno che va a dormire quando vuole e che fa un lavoro in cui non esistono orari. Uno così ce la farà a convivere con un'altra persona senza scappare dopo tre mesi?

E magari scappare lasciando Francesca incinta?

A trentasette anni bisognerebbe essere capaci di scegliere e invece si sente come l'airone bianco che vede dove l'acqua del Reno è più bassa. È lì da più di un quarto d'ora. Immobile come una statua. Alfredo sa che la morte di Marco è solo un alibi per allontanarsi da Bologna e da Francesca. Sa che deve cercare un nuovo equilibrio e una nuova disciplina, ma le vecchie abitudini sembrano macigni da cui non riesce a liberarsi. Superato il momento della passione, Francesca rimane un ingegnere in tutto e per tutto. Niente bluff o illusioni ma chiarezza chiarezza chiarezza. Gli piace anche per questo. È una donna che non si fa confondere dai sentimenti, ma analizza e scompone tutto con estrema precisione.

Francesca ha posto due condizioni che comportano un lavoro diverso e un atteggiamento mentale diverso. Primo: cenare sempre insieme, anche se sono ammesse eccezioni. Secondo: è genitore chi ti dà da mangiare, chi ti smerda e chi ti porta a letto la sera. Un padre che non è in grado di fare queste cose è solo uno che ha donato pochi grammi di liquido seminale.

15

Camminare da sola è stato sempre difficile per una donna. Un uomo da solo può godersi ovunque una bella passeggiata. Nel centro di una grande città, in campagna, in un piccolo paese. In montagna, al mare, di fronte a un lago, in un parco. Un uomo solo ha diritto al paesaggio, a curiosare nelle vetrine, a prendersi un caffè o un aperitivo senza dover rendere conto a nessuno. Di mattina, di pomeriggio, di sera, di notte. Non ci sarà nessuno a rivolgergli avance o insolenze. Una donna sola deve portare le borse della spesa o mantenere il passo veloce di chi sta cercando di non arrivare in ritardo. Una donna che va lentamente e si guarda intorno è chiaramente un'adescatrice oppure una che cerca guai. Come avrebbe potuto camminare per la città una donna sola con il bastone bianco cento anni fa? Come sarebbe stata la sua vita? Francesca è arrivata al passaggio pedonale di via Frassinago. Deve stare attenta alle macchine che vengono da porta Sant'Isaia, di solito arrivano più velocemente di quelle che giungono dall'altra direzione e hanno una visuale minore se devono curvare. Al mattino gli odori del fornaio sono un ottimo punto di riferimento. Quanto il vociare dei bambini nei pressi del portone della scuola elementare e l'edicola dove c'è un via vai mattutino di persone. Dalla voce riesce a riconoscere le persone che sono al bar in alcune ore del giorno. Sa che fanno dei commenti su di lei, pensando che essendo cieca non possa sentirli. C'è qualcuno che è lì tutte le volte che lei passa, praticamente vive al bar. Dal tono della voce non può essere in pensione. O è un disoccupato o vive di rendita. Parla sempre dei problemi del Bologna calcio e ce l'ha a morte con i romagnoli e gli juventini. Ha una tonalità da basso profondo a cui Mozart avrebbe dato volentieri la parte di Sarastro nel *Flauto magico*. Il suo interlocutore abituale ha una voce limpida da baritono leggero che lo supporta benissimo nei suoi atteggiamenti ironici e demistificatori. "Te t'i mat a credere nel Bologna. Il futbol è come la vita: chi ha più soldi comanda."

Suoni, odori e il pavimento del portico con i suoi dislivelli sono i riferimenti privilegiati della sua bussola mentale. Nel portico rialzato di via Barberia è di solito meno guardinga, può rilassarsi un attimo e pensare un po' alle sue cose.

Non le è mai capitata un'attrazione di pelle così forte come con Alfredo. Non aveva mai pensato che fosse possibile una sintonia del genere. Le piace il suo sudore e sentirsi il suo corpo addosso.

Le piace quando la stringe da dietro, avvolgendola con le sue braccia. Alfredo è proprio un orso buono: grande, peloso e abbraccioso. Ma è anche un orso nello stile di vita. Selvatico e solitario. Fatica a condividere gli spazi e i ritmi della quotidianità. Non sa che la capacità di mediare e sviluppare affinità negli spazi e nei ritmi in comune è tutto nella vita di coppia. Nessuno deve imporre il suo ritmo e nessuno deve essere sopraffatto. Meglio chiarire le cose in anticipo. A lei non serve un lavoro né tanto meno un amante. Il primo ce l'ha e gli altri si trovano con facilità. Le occorre qualcuno con cui intraprendere un percorso comune e che sia disponibile a soddisfare le esigenze del suo orologio biologico. I cromosomi di sua nonna meritano di essere lanciati verso il futuro e le piacerebbe che fosse con il contributo di Alfredo. Forse è stata un po' dura la sera precedente, ma quell'orso di Alfredo non deve credere di poterla addomesticare con un paio di baci.

Mentre entra nel portico di via Farini ripensa a quello che ha detto ad Alfredo.

"Voi maschi siete sempre a fare qualcosa di importante. Noi a casa: stirare lavare e smerdare i figli. Voi a fare la guerra, la politica, la storia. Noi ad aspettare senza sapere se vi hanno già sepolti o se ve la state spassando in qualche bordello. Non ho intenzione di aspettarti per anni lavorando al telaio. Ci sarà sempre un cugino ucciso o un amico nei guai nella tua vita. Ci sarà sempre un'emergenza. Facili alibi a cui tu guarderai con molta indulgenza. Devi decidere tu, non le circostanze. Le intenzioni devono avere il predominio sulle circostanze. O io e la tua famiglia diventiamo una priorità o non ha senso nemmeno provarci."

Il portico sta finendo e Francesca si rende conto di desiderare fortemente che, dal prossimo periodo di letargo a Civita Castellana, l'orso Alfredo torni con buoni propositi. Sente un groppo alla gola all'idea che questo non possa accadere.

16

È davanti a un piatto di tagliatelle al ragù all'*Osteria dell'Orsa* che Alfredo ha deciso di dire con la massima onestà come stanno le cose a Massimo e a Stefano. I due hanno capito che qualcosa non quadra. Un incontro senza lo zio Antonio e Amin è sospetto, o perlomeno irrituale. All'inizio di un nuovo caso c'è sempre una cena all'*Orsa* e le tagliatelle. Mai in ranghi ridotti.

"Parto per Civita Castellana domani mattina. I funerali ci saranno nel pomeriggio. La vicenda è molto più grossa di quello che sembra e io mi sono impegnato a non dire tutta la verità. Però non me la sentivo di chiedere aiuto e trattarvi come due cretini."

"Ce lo dici o dobbiamo farne senza, come quelli di Faenza?"

È la battutaccia scontata di Massimo.

"Non posso dirla tutta. Sta a voi accettare il gioco a queste condizioni."

"Con chi ti sei impegnato? Con il padre di Marco?"

Alfredo capisce di aver usato il verbo sbagliato, tentare di rimediare non farebbe che aggravare la situazione. La relazione con Massimo e Stefano non va messa in discussione dalla riservatezza.

"Con Di Nicola."

Stefano smette di masticare. Massimo beve un bicchiere di vino per mandare giù il boccone. Sei occhi si scrutano e nessuno dice nulla. Le tagliatelle rimangono nel piatto.

"Il committente è Di Nicola?"
"Un suo amico. Ma non posso dire di più."
"Il padre di tuo cugino c'entra qualcosa?"
"No. Non sa nulla. Con lui ho un impegno morale, ma non sa nulla del resto."
Stefano sa che la riservatezza non va violata e la fiducia in Alfredo deve essere garantita in ogni situazione. Chiede, quindi, la cosa più banale.
"Il livello di rischio? Da uno a dieci."
"Nove."
Non c'è più molto da chiedere ad Alfredo. Si tratta solo di chiedere a sé stessi: ci sto o non ci sto?
È Massimo, mentre gira la forchetta nel piatto delle tagliatelle, il primo a diminuire la tensione e a dire: eccomi!
"È come nel film *Blues Brothers*. Siamo in missione per conto di Dio. Speriamo di non finire in galera."
Stefano alimenta la diminuzione di tensione.
"Guarda che lì mangiavano semplice pane tostato e non due piatti di tagliatelle."
Basta l'amicizia di sempre per togliere le preoccupazioni, ma qualche dubbio ancora rimane.
"Perché tieni fuori lo zio Antonio?"
"Se sapesse gli verrebbero le palpitazioni. Al momento lo lascio fuori. In seguito ci penserò. Gli voglio troppo bene per metterlo in una storia del genere."
"E noi?"
"A voi voglio troppo bene per lasciarvi fuori da una storia del genere."
"Bastardo!"

17

Nel piazzale della stazione ferroviaria di Bologna il flusso di automobili, per caricare e scaricare parenti e amici, è indirizzato in una serpentina dove è possibile una sosta di pochissimi minuti.

Ma gli automobilisti italiani sono generosi con sé stessi e molto elastici nell'interpretazione delle norme, la conseguenza inevitabile sono ingorghi inestricabili.

Mentre il sovrintendente Secondulfo sta mettendo il lampeggiante blu sul tettuccio della sua Alfa 156 per uscire dall'ingorgo con più facilità, gli giunge un suono familiare, allora prende il cellulare.

"Ciao, Gabriella."

"Dove sei?"

"Ho portato Di Nicola alla stazione e ora sto cercando di uscire da un intasamento di macchine. Non arriverò prima di mezz'ora."

"Il tuo capo non poteva prendere un taxi?"

"Dai, Gabri. Non è un grande problema. Se mi avesse chiesto di accompagnarlo a Rimini sarebbe stato peggio."

"Un montanaro come lui cosa va a fare un weekend al mare?"

"Sarà un weekend piovoso che gli permetterà di passeggiare sulla spiaggia. È il tipo a cui piace il mare grigio e la nebbia. È fatto così."

"Non lo capisco proprio! Spicciati che ti sto aspettando."

Quando il treno arriva al binario, Di Nicola sale nella porta che trova più vicina al marciapiede. Entra nella carrozza numero 7 di seconda classe, sistema la borsa da viaggio nella griglia di metallo sopra la sua testa e si siede su una poltrona vicino al finestrino.

La borsa da viaggio del vicequestore contiene poche cose: biancheria intima di ricambio, spazzolino e dentifricio alla menta, pantofole di gomma, una camicia, giacca a vento e scarpe da ginnastica. Dopo qualche minuto il treno si mette in movimento. Di Nicola vede il ponte di Galliera, la sequenza di graffiti colorati, il numero di binari che diminuiscono, il ponte di Mascarella, i cortili con le biciclette e le orribili palazzine di dodici piani che lui farebbe volentieri saltare in aria. Il treno prende velocità e supera la stazione di San Lazzaro di Savena. Con calma e circospezione Di Nicola prende la sua borsa e abbandona il posto. Sballottato qua e là dall'andatura del treno, si aiuta appoggiandosi con la mano sinistra alle poltrone che trova sul suo percorso, avendo cura di non colpire quelli che hanno già il computer acceso. Carrozza numero 6. Carrozza numero 5. Carrozza numero 4. Giunto alla carrozza numero 3 di prima classe si ferma, tira fuori dalla tasca dei pantaloni il biglietto e controlla. Giunge alla poltrona numero 32, sistema la borsa, sorride alla signora che ha di fronte, si toglie la giacca di cotone e l'aggancia vicino al finestrino. A causa delle previsioni meteorologiche non c'è molta gente nella prima classe dell'Eurostar e al poliziotto fa proprio piacere. Si passa un fazzoletto sulla fronte e si rivolge alla signora: "Siamo a giugno e già si suda."

"Eh, sì."

A Di Nicola non dispiace avere una vicina laconica e poco disponibile alla socialità. Apre un libro, legge una decina di pagine, guarda l'orologio e si alza per recarsi nella carrozza bar. Appena entrato lo vede. È in un angolo con un bicchiere in mano. Dopo aver ordinato un caffè, il poliziotto si avvicina con il suo bicchierino di carta e decide di parlare per primo.

"Dottore, non sarà che stiamo esagerando? Mi sembrano misure di sicurezza da film."

"Più che inventare spesso i registi copiano dalla realtà. Gli ultimi studi dicono che i gruppi della malavita organizzata controllano circa il dieci per cento del prodotto nazionale lordo di questo paese. Hanno un fatturato che alla Fiat non riescono nemmeno a immaginare. Siamo formichine, Di Nicola. Insieme e in molti possiamo fare cose straordinarie. E io ci credo. Ma non bisogna dimenticare la realtà. Formichine siamo e facili da schiacciare."

Mentre Di Nicola sta finendo il caffè arriva un sms di Alfredo.

Sono ai funerali. Più tardi, o domani, parlerò con mio zio.

Il poliziotto percepisce l'assillo di più di un pensiero e lo trasforma in domande esplicite.

"Le sembra normale che il capo della Mobile e un magistrato s'incontrino di nascosto come due banditi? E che non possiamo infiltrare un poliziotto o un carabiniere per paura che ci sia una delazione? E che io debba comunicare con il nostro uomo sul posto con gli sms come se ci fosse la Cia o il Kgb alle nostre calcagna?"

"In un paese normale avrebbe ragione lei, Di Nicola. Ma esistono realmente i paesi normali? Ogni paese ha le sue contraddizioni e i grandi paesi hanno contraddizioni grandi. Pensi agli Stati Uniti. La Dea lotta contro i narcotrafficanti, ma la Cia ci va a braccetto. Se la ricorda la mia indagine sui alcuni club privé dell'anno scorso? Circa la metà degli iscritti che si intrattenevano con signorine bielorusse senza documenti di soggiorno erano sottufficiali della Guardia di finanza di Bologna. È questa la normalità in Italia."

Il pensiero del vicequestore va al suo diretto superiore, soprannominato *pesce lesso*, e alla morte dell'agente Caponi ucciso da mano amica, o che avrebbe dovuto essere tale.

Il vero poliziotto è quello che indaga, anche per sollevare il velo ipocrita e criminoso della normalità. Gli altri sono dei pagliacci che scambiano la normalità con il tran tran quotidiano e sono capaci di intervenire solo per impedire che le indagini rovinino l'immagine di qualche uomo politico importante. Si rende conto che anziché diventare vecchio e cinico sta diventando vecchio e rompicoglioni. E si piace così. Ora che è nonno, ha ancora meno voglia di riempire scartoffie in attesa della pensione. Si sente in dovere di fare il possibile per lasciare alla piccola Ivana un mondo meno schifoso di quello in cui lui è vissuto.

Il dottor Lisco lascia che Di Nicola distolga lo sguardo dal finestrino e posi nuovamente gli occhi su di lui.

"La magistratura italiana lotta contro la malavita organizzata, ma un apparato dello Stato ha utilizzato la famiglia Tataranni-De Giacomo per fare fuori un giudice che aveva scoperto alcuni legami che non si dovevano rivelare. Non ci resta che essere formichine intelligenti e caute."

18

“Avevo solo sedici anni. Ero emozionata e confusa. Se quel giorno mi avessero bastonata mi sarei sentita meglio. Ho lasciato la mamma nel soggiorno e completamente frastornata sono andata da lui, nella sua camera. Lui sapeva di cosa stavamo parlando. Mi ha fatto sedere nella sua poltrona, si è messo a terra davanti a me, mi ha preso le mani e ha detto: negli ultimi anni mi hai rotto le palle con la storia che ti dovevo presentare Profili, poi volevi conoscere Riganelli, poi a carnevale ti sei voluta mascherare con il mio gruppo anche se eri una ragazzina, e la mamma mi ha obbligato a tenerti d’occhio. E poi sempre a chiedermi cosa provava una ragazza quando la baciavo e se Marisa aveva avuto molto male la prima volta che aveva fatto l’amore con me. Tutto questo è accaduto, non possiamo negarlo. Per me sei una classica sorellina rompipalle. Ora, siccome un giudice per le adozioni ha deciso che a sedici anni avresti dovuto sapere che non sei la figlia biologica dei nostri genitori, e quindi non sei mia sorella di sangue, tutta la fatica che ho fatto con te va annullata e non esiste più? Ma siamo matti! Sangue o non sangue, tu rimani sempre la mia sorellina rompicoglioni.”

È commossa Antonella Magnani, e abbassa gli occhi sul piatto di fettuccine che ha appena messo a tavola. Allunga la mano sulla testa del piccolo Luca, deglutisce quel nodo di aria e saliva che non le va né su né giù, poi riprende a parlare.

“Mentre piangevo come un vitellino, lui mi ha stretto nelle

sue braccione da giocatore di rugby e mi ha strizzato lasciandomi senza fiato. Marco era fatto così. Un fratello fantastico. Di quelli che non si tirano mai indietro quando devono dare una mano. Magari non riusciva a tenersi un lavoro perché non gli piacevano gli orari rigidi. Era un po' stufarello con le ragazze e ne cambiava una al mese. Ma era generoso con tutti. Non ha mai lasciato nei guai nessuno. A quanti amici ha prestato la macchina? A quanti amici ha prestato dei soldi?"

Antonella Magnani, suo marito, il piccolo Luca, lo zio Giovanni e Alfredo sono seduti intorno al tavolo per un pranzo domenicale in cui l'assenza di Marco incombe e si muta in ricordi. Sono momenti di smarrimento, ma non di apatia. Sono storditi, i Magnani, ma non persi. La vertigine del dolore non ha prodotto vuoti di memoria e perdita del ruolo. Ognuna delle persone sedute al tavolo conosce la sua parte ed è disposto a sostenerla. Gli assenti si rendono presenti parlando di loro. È più di un rito. È una necessità dei vivi per stare in pace con i morti. È un patto per diminuire lo strazio e i sensi di colpa. Non posso parlare con te ma parlo di te. Non ti ho salvato dalla morte, ma cerco di farti vivere nella mia memoria. Quanto sollievo dia ai morti non si sa. Quanto ne fornisca ai vivi è evidente. Alfredo conosce bene il meccanismo e non se ne sottrae. Anche lui racconta qualcosa. Il suo ruolo di cugino grande nel vigilare sulle prime bracciate di Marco nel Treia, i tentativi di prendere i gamberi nel Rio Maggiore trascinando un cesto di vimini controcorrente, la delusione per le tombe scavate con fatica ma già ripulite da altri prima di loro, la faccia infangata ma sorridente di Marco dopo una partita di rugby. E le proteste di Marco di fronte ai jeans e alle magliette dismesse da Alfredo che gli venivano puntualmente trasferite ogni due o tre anni. È come se ognuno dei presenti affermasse: io c'ero nella vita di Marco. Un modo come un altro per dire che Marco è ancora presente nella loro vita. Che il legame non è stato spezzato e non si spezzerà mai. Ciò che la memoria non dimentica non è perduto del tutto. Alfredo sa che la morte è irrimediabile, per questo si devono usare tutte le difese possibili per stemperarne gli effetti. Se ne rende conto dopo aver allungato il braccio e messo la mano sulla sua spalla. Sul suo unico tatuaggio. Mettere la mano sui suoi tre pipistrelli è per Alfredo il rinnovarsi di un giuramento. Tranquilli, io non dimentico nessuno dei miei morti.

Il momento di commozione maggiore avviene a fine pranzo, quando Antonella prende i ricordini che come d'abitudine verranno distribuiti agli amici più intimi e ai parenti più stretti. Alfredo si trova tra le mani una foto a colori di Marco e, voltandola, non può non trasalire. C'è il testo di una poesia di don Giulio che conosce molto bene.

Ai falisci di Vignale, delle Colonnette e dello Scasato

Tornato che sarò in mezzo a voi

e querce
e tufo
e grilli
e lunghissime ombre:

occhi gialli per noi ci saranno

nelle forre
di notte a vegliarci.

Verranno gli angeli
a chiedere di noi.

19

I Magnani, padre e figlio, abitano allo Scasato, in un palazzone di tufo degli anni Cinquanta, proprio di fronte alla piccola chiesa di Sant'Antonio. Lo zio Giovanni sta al primo piano, Marco in un piccolo appartamento al terzo. Nonostante sia a pochi minuti a piedi dal centro storico, ancora negli anni Cinquanta lo Scasato era considerato un quartiere periferico. Vecchie fabbriche di ceramica, stalle, orti, allevamenti artigianali di maiali e pollai prevalevano sulle abitazioni. Il suo nome ha un'origine piuttosto curiosa. Viene dalla toponomastica del Settecento. Nei documenti dell'epoca viene definito *lo Scassato*, ovvero rovinato, località dove prevalevano le rovine dell'antica città falisca.

"In fondo ci sono più cose in comune tra me e Marco che differenze. Questo stare vicini ma ognuno con la sua autonomia e indipendenza era un'esigenza che sentivamo tutti e due. Non siamo mai stati nemici o avversari. Piuttosto due spiriti indipendenti che si volevano bene e andavano ognuno per la propria strada. Anche se un padre ritiene che la migliore sia quella che conosce, cioè la sua, e non può non intervenire nell'educazione di un figlio. È difficile fare il padre. Non sai mai quanta libertà devi lasciare o quanta ne devi togliere."

Dopo aver aperto la porta dell'appartamento del figlio per permettere ad Alfredo una ricognizione, lo zio Giovanni si siede sul divano del soggiorno. Sembra molto stanco.

"I carabinieri hanno preso il computer e un'agenda. Il resto c'è tutto. Dai un'occhiata e apri tranquillamente tutto quello che trovi chiuso, io ti aspetto qui."

L'appartamento è composto da un soggiorno, cucinino, bagno e camera da letto. Le finestre danno a nord-est e Alfredo può posare gli occhi oltre l'ospedale, verso lo sperone di tufo di Vignale, dove i Falisci avevano messo le prime fondamenta e successivamente costruito l'acropoli. Chissà se Marco aveva scelto consapevolmente di avere quella vista o se era stato il caso. Alfredo mette la mano sinistra in tasca ed estrae il ricordino con la foto di Marco e la poesia di don Giulio. Una volta don Giulio, sentendosi incapace di affermare che tutto accadeva provvidenzialmente, disse che non si considerava sufficientemente cristiano e buon prete. Don Giulio ce l'aveva con quelli che vedevano la volontà di Dio in ogni cosa. Un diluvio universale? È opera di Dio. Un'epidemia di colera? È stato Dio. Un incidente sul lavoro? È stato Dio. Una vincita al totocalcio? Ringrazia Dio. Una morte improvvisa? Dio lo ha chiamato. Diceva che certi comunisti di Civita erano come quei cattolici. Sostituivano la parola Dio con la parola capitalismo e la spiegazione di tutto era pronta. Lui riteneva che la casualità priva di senso fosse difficile da accettare per noi umani. Vedere sempre una causa religiosa o politica dietro gli accadimenti era un modo per diminuire la paura per il futuro e l'angoscia per l'incombere della morte. Avere un nemico o un benefattore risparmia l'ansia dell'ignoto. Si sa cosa e chi c'è a causare gli avvenimenti. E si possono tentare delle azioni per influenzarne la volontà. Recito il rosario tutti i giorni e il tumore non mi verrà. Secondo lui un vero cristiano era quello che sapeva accettare l'ansia dell'ignoto, senza cercare di tranquillizzarsi con la presenza di Dio. Quando il nonno gli chiese se era un prete che credeva veramente in Dio, don Giulio rispose che lui sperava in Dio. Ma lo disse con tanta amarezza che il nonno preferì cambiare argomento. Alfredo si stupisce di quanti sedimenti della memoria emergano avendo tra le mani la poesia di don Giulio e guardando Vignale.

Alfredo si siede sul divano, mentre lo zio rimane a testa bassa, i gomiti sulle ginocchia, le dita delle mani incrociate e lo sguardo a terra. Alfredo gli mette una mano sulla spalla, ma non dice nulla.

"Marco non aveva paura di morire. Gli sarebbe dispiaciuto farlo improvvisamente, senza salutare quelli a cui voleva bene. Per questo aveva lasciato una lettera con le istruzioni in caso di incidente stradale. È lui che ha voluto la maglia da rugby sulla bara e la poesia di don Giulio nel ricordino. Io e Maria abbiamo voluto molto bene a Marco, come se fosse stato nostro figlio."

Alfredo si domanda se ha ascoltato bene e non toglie la mano dalla spalla. Lo zio riprende a parlare come se fosse arrivato il momento giusto per dire qualcosa che era stata sepolta dal tempo.

"Marco era il figlio di Angela, la sorella di Maria. Erano gemelle. Praticamente due gocce d'acqua, indistinguibili ma con personalità opposte. Casa, famiglia e chiesa per Maria, corsi di ballo, Cinecittà e velleità cinematografiche per Angela. Maria aveva avuto una grave disfunzione alle ovaie e non poteva avere bambini."

"Lo stai dicendo a qualcuno per la prima volta?"

"Sì. Non lo dissi mai nemmeno a tuo padre. Quando Angela rimase incinta di un attore americano che non voleva saperne, corse a piangere da Maria. Si volevano bene e si fidavano l'una dell'altra. E poi i panni sporchi si lavano in famiglia, non sulla pubblica piazza. Insieme andarono da don Giulio."

"Non ci sarà mica di mezzo lui?"

"È stato lui l'architetto di tutto. A causa di un problema di vitamina D e di densità del sangue e di altre dodicimila problemi certificati da un medico compiacente, fu prescritto di trascorrere il periodo della gravidanza in una località di mare."

"Ecco perché Marco è nato a Sanremo!"

"Fu proprio così. Angela, con la carta d'identità di Maria, fu indirizzata da don Giulio in un istituto di suore di Sanremo, e io, da buon marito ogni tanto andavo a trovarla."

"E la zia Maria?"

"A Roma. Collaboratrice in un asilo nido di suore."

"Sembra una storia incredibile."

"La nascita di Marco è stata incredibile quanto la sua morte."

Alfredo sta in silenzio, lasciando lo zio a metabolizzare i fatti e i ricordi che possano aiutare a dare più sostegno in un momento del genere.

"Don Giulio è stata una grande persona. La nostra famiglia gli deve moltissimo. Le sue battute erano fantastiche e risolvevano ogni situazione. Con la scusa che mia moglie non aveva molto latte, per i primi mesi prendemmo una balia e in più tanto latte artificiale. Ma Marco aveva sempre una fame da lupo e non si saziava mai. Il giorno del battesimo c'erano molti parenti e sai com'è. Noi avevamo un po' di paura e un po' di imbarazzo. E quel bambino affamato urlava come un ossesso, mettendoci ancora di più a disagio. Don Giulio fece una battuta incredibile mentre gli bagnava la fronte: a regazzì, vista la grande fatica che s'è fatta per averti qui tra noi, potresti almeno regalarci un bel sorriso."

"Che soggetto don Giulio!"

C'è un silenzio tranquillo tra zio e nipote. Tutti e due immersi nel proprio passato. Tutti e due a rivivere momenti e situazioni. A nutrirsi di affetto e di tenerezza, perché la memoria è una grande consolatrice.

"Mi hanno telefonato dalla fabbrica per il ritiro delle cose che sono nell'armadietto di Marco. Non me la sento. Ci puoi andare tu?"

"Va bene, zio. Domani mattina ci vado."

20

Civita Castellana è un polo di industria ceramica di rilevanza nazionale. Gli storici si rifanno alla produzione di vasi dell'antica Falerii o alla corporazione dei vascellari che nel Cinquecento si occupavano della lavorazione dell'argilla. Il filo conduttore, tra la fase antica e quella proto industriale di fine Settecento, sarebbe costituito dalla presenza nella zona di cave di argilla e caolino di buona qualità che hanno facilitato lo sviluppo del settore. L'ipotesi di una continuità di produzione sembra abbastanza plausibile anche se non sufficientemente documentata.

All'inizio del Novecento sono attive aziende che hanno una specializzazione settoriale e altre che producono promiscuamente stoviglie, piastrelle e sanitari.

La ceramica sanitaria prenderà pian piano il sopravvento e si svilupperà in maniera impetuosa nel secondo dopoguerra.

Oltre a qualificare in positivo l'economia del paese, il lavoro in ceramica ha costituito una forte identità sociale per i cittadini di Civita Castellana, a cui non è indifferente la famiglia Magnani.

La Flaminia SpA è un'azienda di ceramica sanitaria presente a Civita Castellana dal 1955 e prende il suo nome dall'essere collocata nei pressi della strada nazionale Flaminia. È considerata una delle aziende più solide del settore, e che Marco ci fosse arrivato, deve essere stato considerato dallo zio Giovanni un ottimo punto di arrivo.

Considerato il paesaggio, scendere dallo Scasato per andare a lavorare nella valle del Treia sarebbe quasi un privilegio estetico, se non fosse che lo si debba fare alle cinque di mattina. Aveva detto più o meno così, Marco. La bizzarria degli orari di lavoro delle aziende ceramiche civitoniche ha sempre colpito Alfredo. Lavorare dalle 5.30 fino alle 13.30, poi un paio di ore di sonno e il pomeriggio libero. Secondo Marco è sufficiente una sola ora di sonno, perché adesso ci sono i carrelli ribaltatori che rovesciano le stampe e la più consistente tra le fatiche dei ceramisti è stata eliminata. Anche i rischi di contrarre la silicosi sono stati radicalmente ridimensionati. Non è più come ai tempi del nonno di Alfredo. Ora i pavimenti vengono lavati tutti i giorni e la rifinitura dei pezzi viene fatta nelle cabine di aspirazione per evitare la dispersione e la volatilizzazione delle polveri.

Non è la classica fatica del primo giorno lavorativo della settimana che ha impedito ad Alfredo di godere della discesa nella valle del Treia. Ma è stata la notte di poco sonno e di molto rimuginare. Don Giulio che inganna le suore e un paese intero, Marco che tranquillizza Antonella senza conoscere niente della propria nascita, lo zio che si tiene per anni un segreto del genere. La realtà non è mai quello che sembra. E l'allegra incoscienza di Marco con il suo ultimo sms, inviato poco dopo aver lasciato l'Autoservice di Bologna?

Ricorda la vecchia regola, cuginone: chi mena per primo, mena tre volte.

Marco

Come se le cose potessero mettersi sempre a posto a forza di cazzotti. Alfredo è prigioniero del suo malumore e nemmeno la corsa mattutina con Asso è riuscito a rasserenarlo. La sensazione sgradevole è che ci sia un disordine nelle cose al di là di ogni immaginazione. E che Marco non abbia solo avuto una vita incasinata, ma che incasini anche quella di coloro che provano a metterci il naso.

Raggiunta la fabbrica, a Civita Castellana si usa questo termine ottocentesco anziché azienda, cerca di fare uno sforzo e di offrire una faccia non troppo cupa alla giovanissima impiegata della Flaminia che lo accompagna. La ragazza deve essere abituata a fare la guida turistica ai visitatori, per questo mentre lo conduce attraverso i vari reparti si sente in dovere di spiegargli che le fasi di lavoro sono sette: colaggio, essiccatura, rifinitura, collaudo, smaltatura, cottura, controllo di qualità.

"La smaltatura di serie, ovvero il bianco, la fanno i robot. Si spruzza a mano solo il colorato. Marco Magnani lavorava in questo settore. Questa era la sua cabina."

Alfredo saluta l'operaio che, con una maschera che gli copre naso e bocca, sta occupando il posto di Marco.

"E il suo armadietto?"

"Di qua. Negli spogliatoi."

Alfredo utilizza il passepartout fornito dall'impiegata per aprire lo sportello numero 163.

Dentro l'armadio ci sono due divise bianche con la scritta *Flaminia*, una sporca e una pulita. Una confezione di bagnoschiuma e un accappatoio. Due pantofole in plastica e un paio di scarpe da lavoro. Tre copie del *Corriere dello sport* e una del *Messaggero*. C'è anche una videocassetta. Il contenitore di plastica presenta una vistosa scritta in italiano: *Pizza*. Sotto ci sono alcune parole in tedesco. Nella foto c'è una cameriera che porta un piatto nella mano destra e uno nella sinistra ed è completamente nuda.

21

La caserma dei Carabinieri di Civita Castellana si presenta con una scalinata ripida, praticamente un'ascensione al cielo.
Alfredo sa che la vita è piena di gradini da salire e che oggi la scalinata più impegnativa non sarà quella che conduce alla porta della caserma, ma il colloquio con il tenente Berlingozzi. Di Nicola è stato tassativo: l'unica parte che ti rende credibile è quella del cugino rompicoglioni, presuntuoso e ottuso. Ti prenderanno a pesci in faccia e ti rideranno dietro, ma non ti spareranno.

Il tenente Berlingozzi si alza dalla scrivania e gli va incontro, la stretta di mano è forte e cordiale, ma il suo sguardo mostra imbarazzo.

Alfredo viene invitato a sedersi in una delle sedie davanti alla scrivania e non nelle poltroncine vicino alla finestra. Il messaggio è chiaro. Non c'è confidenza tra noi due, non c'è parità nella relazione, si tratta di lavoro e io che siedo dietro la scrivania sono l'autorità.

Ed è con il tono dell'autorità che il tenente inizia a parlare.

"Io vengo dalla provincia di Como e dover distinguere tra Etruschi e Falisci non è stato semplice all'inizio. Riuscire a capire che ci sia ancora un'identità così forte, anche se così lontana, non è stato facile. Com'è il detto popolare? *Se Falleri non falliva, Civita Roma diventava.* Prendere un caffè al bar mentre i vicini parlano di oinochoe di bucchero, anziché del governo o di calcio, è stato spiazzante ma molto interessante. Sono stato costretto a farmi una cultura specifica. Mi sono comprato dei libri e sono stato al Museo del Forte Sangallo. Anche a Villa Giulia, a Roma, a vedere le stanze dedicate ai Falisci. Ed è lì che ho visto dei bellissimi gioielli fatti con il sistema della granulazione. Proprio come il bracciale che aveva suo cugino Marco."

Alfredo ascolta cose note con tranquillità e lascia che Berlingozzi conduca il gioco. A ognuno il suo ruolo.

"Io sono in questo paese da pochi anni, ma i colleghi mi dicono che in passato i tombaroli che avevano fatto un buon colpo si compravano la macchina nuova e si vantavano al bar. Erano quasi considerati degli eroi di paese. Questi di adesso lavorano in grande e nessuno sa niente, i nostri informatori hanno solo qualche idea vaga. Non possiamo perquisire tutti i casali e i casaletti dispersi nelle campagne del circondario per cercare i laboratori e i forni. L'unica soffiata che abbiamo ricevuto si riferisce a un grosso giro di oreficeria che esporta all'estero. Nei paesi dell'est. Suo cugino era solo un corriere? Chi sono i complici di suo cugino? È stato un gruppo rivale a farlo fuori? Abbiamo molte domande ma poche risposte."

Il silenzio che segue autorizza Alfredo a entrare in gioco.

"Per quello che mi riguarda ho intenzione di rimanere a Civita un po' di giorni e vedere se riesco a ricavare qualche informazione. Non voglio pestare i piedi a nessuno, solo essere utile. Ci tengo a scoprire chi può avere ucciso mio cugino."

"Non siamo più nel Far West, Magnani. Esistono leggi, procedure, apparati dello Stato. Non ci si fa giustizia da soli per un familiare ucciso."

Il tono di Berlingozzi è duro e ostile, ma è quello che Alfredo si aspettava. Il tenente guarda l'orologio, poi continua.

"L'anno scorso ci fu un incidente in autostrada, all'altezza di Attigliano. Fu coinvolto un civitonico che aveva un portabagagli carico di vasi in bucchero e anfore a figure rosse. Si giustificò dicendo che erano dei falsi che voleva regalare ad alcuni amici tedeschi. Le perizie rivelarono che una metà erano falsi ma gli altri veri. Non appena uscito dall'ospedale quel signore è scomparso. Lupara bianca o zia australiana come indicano alcuni informatori?"

"Non ho saputo nulla di un fatto del genere, tenente."

"C'è un giornalista del *Messaggero*, un certo Mauro Riganelli, che sembra molto informato. Fece una piccola inchiesta e comparvero vari suoi articoli sul giornale. Lo può trovare alla Biblioteca Comunale, lavora lì."

Alfredo fa uno sforzo per controllarsi. Quel nome, Mauro Riganelli, non gli dice nulla di buono.

"Questa mattina sono stato alla Flaminia, dove lavorava mio cugino. Oltre ai vestiti da lavoro, nel suo armadietto ci sono tre copie del *Corriere dello Sport*, una del *Messaggero* e una videocassetta con un film porno in lingua tedesca."

"C'è qualche annotazione o numero di telefono sui giornali?"

"No."

"Li può buttare. Si ricordi, Magnani, che qualsiasi informazione riesce ad avere noi siamo il suo imprescindibile punto di riferimento. Cerchi di essere utile e di non intralciare. Adesso la devo salutare perché ho un appuntamento."

Alfredo ha la mano sulla maniglia della porta mentre gli arriva un monito velenoso di Berlingozzi.

"Non vorrei che lei, signor Magnani, abbia visto troppi telefilm americani. Da noi sono gli organi di Polizia giudiziaria che fanno le indagini, non i detective privati."

Non è facile per Alfredo far finta di essere il rompicoglioni di turno. Gli riesce meglio esserlo.

"Lo sa, tenente, che gli Etruschi usavano solo quattro vocali? Praticamente non avevano la lettera o."

La caserma dei Carabinieri è a due passi dal vecchio cimitero e per Alfredo è inevitabile recarsi a salutare il nonno. Appena superato il cancello d'ingresso si guarda intorno e digita un sms per Di Nicola.

Ho fatto una visita in azienda, ma gli impiegati non sono stati molto contenti di vedermi. Non ho respirato un clima di simpatia. Ho lanciato l'amo. Adesso tutti sanno che sono un pescatore anch'io.

22

Com'era prevedibile Riganelli ha accolto con scarso entusiasmo la telefonata. Per questo Alfredo gli ha lasciato un intero giorno per permettergli di predisporsi all'incontro. Sono passati anni, ma l'acredine è ancora intatta. Bisognerà puntare tutto sul principio di realtà e sull'affetto reciproco per Marco. Le storie personali vanno assolutamente lasciate fuori.

La Biblioteca Comunale "Enrico Minio" è in un edificio degli anni Cinquanta, nato come mercato coperto e utilizzato per i veglioni durante il carnevale. È diventata biblioteca nel 1989.

Dopo aver rispettato l'intimazione di spegnere il cellulare presente sulla porta d'ingresso, Alfredo entra nell'edificio. Supera le postazioni internet e l'emeroteca. Sale al piano superiore dove c'è una sorta di sgabuzzino con la macchina del caffè, Alfredo e Riganelli si fermano lì dentro.

"A Civita siamo in due a scrivere sul *Messaggero*. Per il giornale è più facile mantenere due collaboratori pagati a gettone che un dipendente fisso. Io mi occupo di politica, costume e cronaca nera, mentre il mio collega di sport e di incidenti stradali."

Riganelli parla sottovoce, per non disturbare gli utenti della biblioteca. Alfredo ascolta con attenzione, evitando di incrociare lo sguardo del suo interlocutore. Non è il momento dei duelli ma della collaborazione.

"Non ci posso ancora credere di come è andata a Marco. È

stato uno dei giocatori di rugby più forti con cui io abbia mai giocato. Io giocavo con il numero dodici e lui con il tredici. Siamo stati i centri dell'Amatori Rugby, cioè due ruoli in stretta connessione. Non ci si avventura al di là della linea di difesa avversaria da soli, senza l'appoggio di qualcuno si prendono solo legnate. Il supporto di Marco c'era sempre. Non avevo bisogno di vederlo per sapere che ci fosse. Lui non aveva paura di nulla e si trovava sempre dove doveva essere."

Riganelli è commosso e ha gli occhi a terra. Alfredo ha alzato lo sguardo ma rimane in silenzio.

"È per Marco che sto qui a parlare con te. Solo per Marco."

Tentare una collaborazione buttando sul piatto della bilancia la reciproca ostilità non promette bene, per questo Alfredo decide di spostare il problema.

"Ieri pomeriggio il tenente Berlingozzi mi ha parlato di una tua inchiesta sul traffico di reperti antichi. Cosa mi puoi dire?"

"Una volta i tombaroli si conoscevano tutti. Erano degli individualisti sbruffoni, sempre pronti a vantarsi. Ora c'è l'impressione che siano guidati da un'organizzazione che gli commissioni i manufatti e poi li smerci. Hanno rinunciato alla creatività artigianale ma si sono garantiti un reddito. Non più genio e sregolatezza ma operai salariati. Marco era un artigiano che ancora lavorava in proprio. Ma non so dirti se l'abbiano fatto fuori per questo."

"Che tipo di organizzazione?"

"Qualcosa di grosso. Gente di Roma. Gente che conosce i canali internazionali e che sa piazzare reperti di straordinario valore storico e artistico nei migliori musei del mondo. Dei veri e propri rapinatori del nostro patrimonio nazionale che agiscono con la complicità dei direttori dei musei e di qualche miliardario a cui piace alimentare le sue collezioni private. Da qualche anno si sono anche specializzati nel far viaggiare merce di poco volume ma di grande valore. Un anello con ambra incisa vale tre o quattromila euro nel posto giusto. Qualcuno importa l'ambra dai paesi dell'est e un bravo orafo incisore realizza un anello etrusco o romano per non più di trecento euro. Fatti due conti e vedi quanto possa rendere un oggetto di pochi grammi. Solo la cocaina rende così tanto. Le signore della nuova borghesia russa esibiscono collane con figure zoomorfe in oro granulato che i nostri musei non hanno mai visto."

"E la dogana?"

"In questo caso poche centinaia di euro sono sufficienti a far chiudere gli occhi ai doganieri russi, per una partita di droga ce ne vogliono molte migliaia e non si è mai sicuri di evitare una soffiata. In Russia i corrieri del narcotraffico provengono, per lo più, dalle repubbliche asiatiche dell'ex Unione Sovietica. Lì i confini sono soltanto dei segni sulla carta geografica e per cento euro trovi chi porta un chilo di eroina dall'altra parte senza problemi. La caduta del muro di Berlino non ha portato solo dei benefici."

"Sei più informato di Berlingozzi!"

"Non sono un genio. È sufficiente controllare il sito della Guardia di finanza, leggere qualche rivista e conoscere qualcuno dell'ambiente. Berlingozzi ti ha raccontato il minimo perché ha paura che gli si rubi il lavoro. O per ragioni che non so. Negli ultimi tempi mi sembra particolarmente reticente. Il maresciallo Mascolo, con cui ho confidenza, mi ha detto che neanche lui ci sta capendo molto di quello che fa il tenente. È evasivo ed elusivo anche con lui."

"Con chi lavorava mio cugino."

"Non è così semplice. Voce di popolo lo dà in abbinamento a un certo Moreno Marchioni di Castel Sant'Elia. Uno che si diletta con un piccolo laboratorio di ceramica artistica che rifornisce le bancarelle di piazza Navona, a Roma. Tutto questo alla luce del sole. Ma quello che combina alla luce della luna non si sa. Girano molte chiacchiere."

"Puoi mettermi in contatto con questo Marchioni?"

"Ci posso provare. Ma bisogna prenderlo con le molle. Non è un tipo a posto."

Riganelli guarda l'orologio e mette la mano sulla maniglia della porta, ha un attimo di indecisione e si volta verso Alfredo.

"Sono disponibile a fare qualsiasi cosa per scoprire gli assassini di Marco, anche a lavorare insieme. Ma non ritengo sia necessario diventare amici per farlo. E non ho intenzione di cambiare idea su di te."

"A me sta bene. Nemmeno io voglio cambiare idea su di te."

23

L'incontro con Riganelli si è rivelato meno faticoso del previsto, anche se una sensazione di amaro è rimasta in bocca ad Alfredo. Ha avuto la conferma, dopo la clamorosa rivelazione dello zio di domenica, che indagare sulla vita di Marco significa predisporsi alle sorprese. E non sempre simpatiche.

Il sole si è spostato verso ovest. È ormai prossimo ad andarsene, mentre la calura sembra intenzionata a fare compagnia ai civitonici ancora per qualche ora.

Il campo da rugby è a una cinquantina di metri dal vecchio stadio Madami e a un centinaio dalla piscina comunale. È affiancato da due palazzine basse, tutte e due in mattoni di tufo a vista. Una per gli spogliatoi e l'altra per la Club House. La prima è deserta, nella seconda ci sono molte persone sedute ai tavoli all'esterno. Ci sono anche molti ragazzini intorno ai dodici anni che hanno dei ghiaccioli in mano. Sui tavoli degli adulti prevalgono birre e gazzose. Un classico mix amato anche da nonno Magnani. C'è attenzione nei confronti di Alfredo, sono in molti a vedere per la prima volta lui e Asso. Mentre si guarda intorno, qualcuno gli si avvicina.

"Chi cerca?"

"Ho un appuntamento con Domenico Anzellini."

"È là. Sta annaffiando il campo. Se l'estate continua così, ci costerà un botto di acqua. Domenicooo! C'è uno per te."

Domenico Anzellini si volta e fa un gesto con la mano,

sistema il sostegno per l’irrigatore a pioggia nei pressi della porta di sinistra e si avvia verso i bordi del campo. È a torso nudo, pantaloni corti e scarpe da ginnastica. Nonostante abbia superato i cinquant’anni, ci tiene a mostrare di aver conservato la prestanza di un giocatore di rugby. Si lava le mani in un lavandino esterno alla palazzina degli spogliatoi, le asciuga sui pantaloni e porge la destra ad Alfredo.

“È più caldo a Civita o dalle tue parti?”

“Non saprei dove sia peggio.”

“Andiamo dentro.”

A prima vista la Club House può sembrare un bar molto grande, prestando più attenzione ci si accorge che è un sacrario che presta anche funzioni da bar, da ristorante e da punto di incontro. È la grande magia del rugby. Prima darsele di santa ragione in quanto avversari, poi bere e mangiare insieme in quanto membri della stessa confraternita. Mentre Alfredo osserva con attenzione le maglie, le foto e i gagliardetti appesi alle pareti, Anzellini prende l’iniziativa.

“Qui abbiamo fatto tutto da soli. Tutto lavoro volontario e soldi tirati fuori dalle nostre saccocce. Non ci ha dato una lira nessuno. Una cava di tufo ci ha regalato un po’ di materiale, una fabbrica di ceramica ci ha dato i sanitari di seconda scelta e un po’ di rubinetteria, un geometra ha presentato a costo zero un progetto in Comune, qualche padre muratore e qualche elettricista hanno fatto il resto. E tutti i giocatori a fare i manovali. Abbiamo lavorato duro e tuo cugino è stato sempre in prima fila.”

C’è imbarazzo e dolore nella voce di Anzellini, il presidente dell’Amatori Rugby Civita Castellana, mentre si siede a un tavolo di fronte al bancone del bar e invita Alfredo a fare altrettanto.

“La foto che stavi guardando è quella di quattro anni fa. Abbiamo corso il rischio di vincere il campionato e finire in serie B. È stato un anno incredibile, Marco e Riganelli erano incontenibili. Due centri fortissimi, la velocità e la sincronia erano la loro forza."

"Questo era il bar che Marco frequentava. E con il bar tutto l'ambiente del rugby. Nessuno ha mai avuto confidenze su qualche minaccia o pericolo?"

"Ho parlato con molti giocatori e amici di Marco e non è emerso nulla. Tutti sono rimasti sconvolti, ma nessuno riesce a darsi spiegazioni convincenti. Che ci fosse più di qualche marito che poteva avercela con tuo cugino è ovvio. Si trattava di persone incapaci di affrontarlo a Civita, figuriamoci se erano in grado d'inseguirlo a Bologna e ucciderlo."

Dopo un attimo di silenzio, il percorso dal dolore al risentimento è completamente compiuto da Anzellini. Rimane soltanto la disponibilità alla vendetta.

"Come si chiama questo bel cagnone?"

"Si chiama Asso."

Anzellini allunga la mano sulla testa del maremmano, che se ne sta sdraiato ai piedi di Alfredo.

"Se posso esserti utile in qualcosa, fammelo sapere. Qualsiasi cosa. Noi siamo una famiglia e mi piacerebbe mettere le mani su chi ha ammazzato Marco."

Lo sguardo di Anzellini è serio. Molto serio. È uno sguardo che dice più delle parole.

Avrò un incontro con un tombarolo artigiano con cui lavorava mio cugino. Ho trovato degli alleati imprevisti ma molto affidabili. Domani vado sul Soratte e spengo il cellulare. Dormirò lì e ti potrò leggere solo giovedì mattina.

24

I pipistrelli sono amici affamati che si nutrono di insetti con entusiasmo. Sfrigola l'aria quando la tagliano con curve rapide. Alfredo si mette la mano sulla spalla: i suoi tre pipistrelli sono sempre lì. Il suo è un gesto di affetto e un impegno. Non vi lascio, non lasciatemi.

Alfredo è seduto sull'erba, con le gambe intrecciate e la schiena appoggiata a una roccia. Guarda a nord-ovest, verso Civita Castellana e verso la sagoma scura dei Cimini.

Sa che il paesaggio non è mai solo geografia. È storia e cultura. È il luogo dove si sono sedimentate le emozioni dei milioni di uomini che ci hanno preceduto. Il paesaggio è uno specchio di quello che siamo stati.

Muove appena le labbra per ripetere le parole di Ovidio che don Giulio e il nonno gli avevano fatto imparare a memoria.

Essendo mia moglie originaria della terra dei Falisci costeggiammo le mura da te espugnate, Camillo. Già i sacerdoti i sacri riti di Giunone apprestavano con giuochi e con un bue locale. Gran premio al mio restare fu la conoscenza dei riti, anche se è poco agevole e scoscesa la via che vi conduce. V'è un bosco sacro, antico e tenebroso per i folti alberi. Se guardi, ben intendi che un Nume vi dimora.

Alfredo guarda il buio che ha coperto la valle, inspira profondamente e tiene la mano destra sul dorso di Asso.

Alfredo sa respirare il buio a pieni polmoni. Sa nutrirsene. Il sole abbaglia e confonde. La luce del giorno delinea i contorni delle cose, e le cose impongono agli uomini il dominio della realtà sull'immaginazione. Il buio riposa e libera la mente. La libera dalla gabbia della realtà. L'indistinto nero della notte produce forme che la luce del giorno non può regalare. Montagne che sembrano piramidi, rocce che sembrano draghi, alberi in cammino che allargano le braccia, cespugli che scappano inseguiti dal vento. E ombre. Ombre che giocano a rincorrersi, a prendersi e a lasciarsi. Ombre libere dai corpi. Ombre che vorresti amare.

Per Alfredo è stato un giorno di riflessione e di fatica mentale. Tenere insieme i pezzi del mosaico risulta più complicato del previsto. Ora, la notte vista dall'alto del Soratte rilassa gli occhi, la mente e il cuore. Aiuta a fantasticare. A guardare da vicino altre vite. Altre storie.

Questa è l'ora in cui i Falisci avrebbero acceso le lucerne nelle case. Silenzio e tenebre avrebbero regnato per le strade di Falerii e per spostarsi sarebbero state necessarie le torce. Forse un grande braciere sarebbe apparso all'ingresso del tempio sul colle di Vignale, e qualcuno lo avrebbe alimentato per tutta la notte con legna di quercia. Nelle forre e sulle rive del Treia gli animali notturni avrebbero mosso i primi passi ed emesso i primi richiami. Le due sentinelle di guardia alla porta che dà verso l'acropoli avrebbero commentato con sarcasmo la qualità del pessimo vino al miele bevuto la sera precedente. Una sentinella della porta a ovest avrebbe rimuginato, appoggiata all'asta della lancia, con lo sguardo vuoto verso la forra a sud. È da lì, da dove il sole è alto alla metà del giorno che arrivano le minacce. Ancora qualche anno e da sud sarebbero arrivati i Latini di Ruma, per distruggere le mura che ora lui sta proteggendo. Alcune volpi avrebbero risalito la forra di Rio

Maggiore e, guidate dall'odore del sangue di una macelleria, si sarebbero spinte fin sotto le mura. Più di un bambino avrebbe nascosto la testa dentro la tunica mentre ascoltava con timore la civetta. Qualche cittadino avrebbe faticato a entrare nel sonno a causa delle troppe focacce di farro e dei troppi fichi secchi. E qualcuno con i sandali ai piedi sarebbe salito sul Soratte, come ha fatto lui oggi. E come lui in questo momento avrebbe cercato di rimestare, di capire, di chiedere un'illuminazione al dio della notte. Nel buio una piccola luce è una traccia più potente che di giorno. Cercare un'indicazione al buio può essere più facile che in piena luce. Alfredo chiude gli occhi, mette una mano sul collo di Asso e inizia a mormorare, molto lentamente. Lasciando una pausa tra una parola e l'altra.

"Arcosolio… volta a botte… volta a crociera… colombario… basalto… tufo… lesena… loculo… mausoleo… lacrimatoio… canapo con ciotola… oinochoe di bucchero… sarcofago… antefissa con testa di sileno… olla ad impasto… anfora… tripode in bronzo… pagi… domusculta…"

È il passato da tombarolo di Alfredo che viene alla luce. Don Giulio lo chiamava il gioco delle radici. Ogni tanto ci si deve immergere nel passato, per impedire che la frenesia del presente lo riponga nei cassetti chiusi della memoria. La pratica quotidiana delle cose ci inchioda al presente e impoverisce la nostra vita. Bisognerebbe passare un pomeriggio al mese a guardare le foto dell'infanzia e dell'adolescenza. A cercare di ricordare i fatti, le persone, i nomi. Si deve impedire che ciò che abbiamo conosciuto si trasformi in un banale sedimento in fondo alla bottiglia.

È una notte fortunata. Non c'è la luna piena che gioca a imitare il sole, cercando di togliere rilevanza alle stelle più lontane e alle meno luminose. Alfredo allunga le mani verso il cielo e apre gli occhi. Suo nonno diceva che il cielo è più vicino di quanto sembra. Basta allungare le braccia e dal Soratte si possono toccare le stelle. Le Orse, Cassiopea, Pegaso sono lì. Amici di sempre. Da toccare con la punta delle dita. Leggende e storie da rimuginare e reinventare. Macché cavallo alato! Era un mulo che portava la legna dalla forra di Rio Filetto alle fornaci di due vecchie ceramiche dello Scasato. E l'Orsa Maggiore, poi. Era una barca piena di carbone che scendeva lentamente il Tevere, da ponte Felice a Roma. Se Sumeri, Babilonesi, Egizi, Arabi, Greci e Romani hanno costruito storie e leggende, non si poteva noi costruire una mitologia civitonica? Quante costellazioni inventate sul tavolo della cucina con il nonno. Quante piante di fichi d'india collocate in cielo.

Quante albicocche e quanti cespugli di more. Quante nocciole immerse nel latte. Quanti melograni e quanti gatti si trovavano intorno a quella casa con tre finestre che è Orione. Quanti fornai con le mani imbrattate di farina. Quanti ciclisti guidati da Arturo e quante biciclette. Quanti lavabi e quanti bidet nel cielo sopra il Soratte. Alfredo fa fatica a rintracciare Andromeda. L'unica galassia visibile a occhio nudo non è che l'impronta dell'indice sporco di argilla di un ceramista che lavorava insieme al nonno.

Alfredo abbassa le braccia, sorride al suo passato e si prepara a elencare i mesi etruschi che ricorda. Asso emette un mugolio di soddisfazione. Questo gioco di toccare le stelle non lo capisce, apprezza di più avere una mano sul collo. I fari delle auto in movimento nella valle non sono altro che lucciole in volo. Il rumore dei loro motori non giunge a infastidire chi è salito in alto per guardarsi dentro. L'armonia del buio prende il sopravvento e l'elencazione dei mesi etruschi è qualcosa di più che un semplice richiamo alla memoria. È un rito. È la riconferma di essere qui ancora una volta. A chiamare.

“Velitna… marzo, capr… aprile, mpile… maggio, acale… giugno, ermi… agosto, celi… settembre, cezpre… ottobre.”

Alfredo sa che fare i nomi permette di uscire dall’oblio. Di uscire dalla morte. Allora continua: “Ati… madre, apa… padre, papa… nonno, don Giulio... Marilena… Riccardo... Marco.”

25

L’alba arriva presto sul Soratte, prima che a Civita Castellana. Si può vedere la luce a est che si manifesta lentamente, poi il sole che esce dalla sua tana. Alfredo ha dato ad Asso il permesso di gironzolare lì intorno, ha sistemato il sacco a pelo, si è sciacquato la bocca, ha svuotato la vescica, si è scaldato i muscoli e ora inizia un saluto al sole. L’assenza di una pratica assidua degli esercizi yoga lo farà soffrire un po’, ma la fatica è uno degli elementi costitutivi di ogni tipo di pellegrinaggio. Si comincia con l’espirazione, poi l’inspirazione e le mani in alto, a spingere verso il cielo.

Alfredo arriva al parcheggio con una sensazione di benessere fisico molto forte. Si sente lieto e leggero. Sistema il sacco a pelo e la coperta di Asso nel portabagagli, prende la ciotola di plastica verde e ci versa mezza bottiglia di acqua, poi prende la ciotola di plastica rossa e ci mette un po’ di cibo secco. Mentre il maremmano si gode la colazione dopo la sgambata, Alfredo accende i cellulari e controlla i messaggi ricevuti nel pomeriggio e nella sera di mercoledì. Di Nicola è perentorio.

Niente audacia. Cautela, cautela, cautela.

Quello di Stefano fa intuire ad Alfredo che è riuscito a scattare delle buone foto.

Cosa sarebbe la nostra vita senza macchina fotografica digitale e senza computer?

Alfredo mette il guinzaglio ad Asso e si addentra nel paese attraverso porta San Silvestro. Sul frontone in travertino si vede un medaglione inciso, è un uomo a cavallo. Che sia una delle tante rappresentazioni di Halaesus? Il mitico fondatore della terra falisca.

Nella piazzetta che appare dopo la porta c'è il bar dove fare colazione. Un panino al prosciutto, acqua e caffè. Alfredo preferisce il salato alle brioche e alle paste dolci. Forse le due ragazze che chiacchierano in lingua russa lo hanno incuriosito, o forse c'è dell'altro. Alfredo non ha voglia di tornare al parcheggio e decide di inoltrarsi nel centro di Sant'Oreste.

Giunge alla libreria *L'isola che c'è*, ma è ancora chiusa, il giovedì apre solo di pomeriggio. Allora Alfredo devia per via delle Case Oscure e inizia a salire. Sono vie strette che si avvitano a spirale fino a spingersi nella parte alta del paese. Ci sono molti gatti che si allontanano per l'arrivo di Asso e auto di piccola cilindrata in competizione con i pedoni per conquistarsi lo spazio di manovra. Il sole fatica a penetrare nel paese chiuso a riccio e i panni stesi alle finestre dovranno metterci molto tempo per asciugarsi. Salendo per i vicoli più stretti e meno abitati, Alfredo si rende conto di essere più pensieroso che attento all'esterno. Ha l'impressione che gli stia mancando qualche dettaglio particolarmente significativo. Quale dettaglio e dove cercarlo? Alcuni vicoli, larghi a malapena qualche metro, sono completamente in ombra. C'è umidità per terra e sulle pareti delle case. Alfredo, che ha trascorso la notte in cima al Soratte per sottrarsi alla luce del sole, non ama questo tipo di buio. Lo inquieta. Sa che non è una scelta ma una privazione. Superata la Collegiata di San Lorenzo, lo spazio si apre e la valle del Tevere si offre allo sguardo di Alfredo, verso est e verso il reatino. Il riflesso del sole incomincia a farsi sentire e a infastidire gli occhi. Alfredo saluta la signora che, in via Monte Frumentario, sta pulendo con una spugna bagnata varie paia di scarpe da ginnastica e si avvia verso la discesa e l'uscita dal paese. Una volta al parcheggio, il sole è ormai alto e se nelle strette vie del centro non dava fastidio, adesso è un problema. Per Alfredo è necessario prendere gli occhiali da sole lasciati il pomeriggio precedente nel cassetto del cruscotto. Nel prendere gli occhiali gli viene in mente Marco nell'agriturismo di Venola. Si era tolto gli occhiali da sole rivelando i suoi occhi nero carbone e il suo sguardo sfrontato che ammaliava le fanciulle. La frase compiaciuta di Marco era stata: ho uno sguardo tenebroso che accende le passioni e le donne crollano ai miei piedi.

Aveva anche parlato bene del compagno di banco delle scuole elementari, l'ottico Brocchi, che gli faceva dei prezzi da vero amico e gli vendeva occhiali fantastici. Nella cassettiera del bagno di Marco, nell'appartamento allo Scasato, c'erano molte confezioni di lenti a contatto verdi e azzurre. Ma che se ne fa una persona che ha uno sguardo che ammalia?

E se le lenti a contatto fossero servite per nascondere lo sguardo di Marco? E nasconderlo da chi? In quale situazione ci può essere la necessità di non farsi riconoscere?

26

I dubbi sono forti e, di conseguenza, il ritorno a Civita Castellana è stato rapido. Il fondo dissestato della statale Flaminia e le sue curve non hanno impedito una discreta velocità di crociera. Parcheggiata l'auto in piazzale Marconi, Alfredo mette Asso al guinzaglio e si dirige verso piazza Matteotti. L'impressione di essere a un punto di svolta fa camminare veloce Alfredo, impedendo ad Asso di approfondire tutti gli odori che percepisce in corso Bruno Buozzi. A una decina di metri dalla piazza appare il negozio di ottica che lo accoglie con una scritta perentoria sulla vetrina: *Da Brocchi tutto per gli occhi*.

Sulla soglia della porta d'ingresso, Alfredo chiede se può portare dentro Asso. Una voce profonda da baritono gli risponde che non ci sono problemi. Alfredo entra e, anche se è di spalle e stringe nella sinistra la mano di un bambino, la riconosce subito. È Cristina. Jeans bianchi di cotone, sandali senza tacco, polo blu. Alfredo non sa se deve prendere o no l'iniziativa, ma lo specchio che riempie la parete dietro il bancone risolve i problemi. Cristina lo vede e, disinvolta come sempre, si volta e gli tende la mano.

"Come va? È da tanto che non ci si vede. Mi è dispiaciuto molto per Marco. La Polizia è riuscita a capire come è andata realmente?"

"Abbiamo qualche indizio, ma niente di che. Ti trovo molto bene, il tempo non ti passa proprio. Questo bimbo come si chiama?"

"Lui si chiama Michele e ha due anni e mezzo. È venuto ad accompagnare la mamma a scegliere dei nuovi occhiali dallo zio Piero. Sei qui solo per il funerale o ti fermi per qualche giorno?"

Non è la domanda a essere strana, ma l'esitazione che Alfredo ha percepito nelle parole di Cristina.

"Rimango un po' di giorni. Faccio compagnia allo zio, poi cercherò di capire qualcuna delle ultime mosse di Marco. Sai com'è. È il lavoro mio."

"Capisco. Adesso noi andiamo. Fai ciao allo zio Piero."

Sulla porta Cristina si volta e guarda Alfredo. Non è uno sguardo muto. È uno sguardo che parla e Alfredo ha orecchie sensibili.

"Se te la fossi sposata tu avrebbe avuto più fortuna." L'esordio di Brocchi non poteva essere più esplicito.

"Cosa è successo?"

"Lui sfarfallava troppo. Con la scusa di fare il rappresentante aveva fidanzate in ogni città. Alla fine ha messo incinta una di Frosinone. C'è stato un grande casino e Cristina lo ha cacciato di casa."

"Quando è successo?"

"Più o meno un anno fa."

Brocchi e Alfredo si erano già salutati dopo il funerale di Marco e l'ottico aveva detto che se poteva essere utile in qualcosa lo avrebbe fatto.

Alfredo decide di andare subito all'essenziale.

"Nel bagno di Marco ho visto molte confezioni di lenti a contatto. Che se ne faceva?"

"È una bella domanda, Alfré."

L'ottico va verso la porta del laboratorio e chiama sua moglie.

"Mariella, io vado a prendere il caffè con un amico, puoi venire in negozio?"

Anziché attraversare la strada ed entrare nel bar che è di fronte al negozio, Brocchi prende Alfredo sottobraccio e lo conduce per i vicoli del centro storico.

"Da qui a Panico, giù alle Orfanelle, in via delle Palme, a porta Lanciana, ormai sono quasi tutti romeni, non ci conosce nessuno e non ci fanno caso a quello che diciamo."

Alfredo è così concentrato su Brocchi che rischia di inciampare nel selciato sconnesso. È l'atteggiamento confidenziale dell'ottico che lo ha preso sottobraccio a salvarlo dalla caduta.

"Come sai tuo cugino è stato sempre un po' esuberante da un punto di vista erotico. E ultimamente aveva trovato il modo di spizzicarci qualche soldino. Frequentava alcuni club privé a Roma e aveva fatto anche un filmino in Ungheria. Roba per il mercato tedesco. Mi raccomando, Alfredo. Queste cose le so solo io a Civita."

"Ecco il perché delle lenti a contatto."

"Marco era fissato con l'anonimato. Si tingeva i capelli di biondo, usava delle mascherine e metteva le lenti a contatto. Io lo prendevo in giro: è inutile che ti mascheri, lo sguardo del pubblico è attirato dai venticinque centimetri che hai tra le gambe non dalla tua faccia!"

Mentre Alfredo digita pensa alla faccia di Di Nicola.

Una sorpresa per te e anche per me. Marco si guadagnava qualche soldino extra con i film porno. Sembra che come attore avesse grandi qualità. Il set era in Ungheria.

27

Alfredo guida la Golf con un certo brio. È in ritardo per il pranzo con i Mariani. La signora Elisa ha promesso i cannelloni, le salsicce e la cicoria ripassata in padella. Non sarebbe un vero e proprio piatto estivo e nemmeno dietetico. Le salsicce sono un piatto antico. Ovidio scrisse che i *ventres falisci* erano rinomati e i Mariani sono antichi come lo zio Giovanni. Non si sono resi conto che il mondo è cambiato dai tempi della loro gioventù. Continuano a mangiare come se tra una settimana il cibo potesse scomparire dalla faccia della terra. Continuano a lavorare come se tornare a casa meno stanchi del solito sia un peccato mortale. Gente di una volta, per il mondo di una volta. Ma anche con la pazienza e la generosità del mondo di una volta. Alfredo deve prendere atto di una considerazione che gli compare nella mente in forma compiuta. Noi, i ragazzi della Ditta, abbiamo più cose in comune con la gente di una volta che non con i giovani di adesso. Siamo capaci di dedizione a un progetto o a un lavoro e non siamo volubili, o stufarelli, come si dice a Civita. Mentre sale le scale che portano all'appartamento dei Mariani, Alfredo manda un sms a Riganelli.

Ho bisogno di vedere una videocassetta che riguarda Marco, ti va bene nel pomeriggio?

Riganelli abita in via delle Rupi, vicino al forte Sangallo.

L'appartamento non è molto luminoso perché ha tutte le finestre verso nord, ma ha una bella vista sulla forra del Rio Maggiore e l'altipiano di tufo del Castellaccio. L'accoglienza di Riganelli è un po' meno brusca di qualche giorno fa, anche se definirla cordiale sarebbe eccessivo. C'è un corridoio molto lungo, pieno di mensole colme di libri, su cui si aprono le camere. Alfredo è incuriosito da un arredamento per bambini e da un letto a castello.

"Ho un figlio di sei anni e uno di tre. Uno è in piscina e l'altro è dalla nonna con mia moglie."

Giunti nello studio, Alfredo mostra la videocassetta a Riganelli.

"Ma questa la conosco!"

"Sul serio?"

"Certamente. È di Ronciglione. È una cavallona scatenata. Discoteche e maschi senza problemi. Due anni fa è stata eletta Miss monti Cimini. Ha tentato di arrivare alle finali di Miss Italia ma non c'è riuscita. Nonostante la famiglia si sia data da fare. La sua è una famiglia particolare."

"In che senso?"

"In tutti i sensi. Se ti dico i Tataranni-De Giacomo, tu cosa pensi?"

"Nulla."

"Si sono trasferiti dalla Calabria tre anni fa e si sono messi a fare gli albergatori al lago di Vico. Il modo con cui hanno acquistato l'albergo ti dice chi sono. Il vecchio proprietario del *Piccolo Lago* aveva rifiutato la loro proposta di acquisto perché era troppo bassa. Nei sei mesi successivi l'albergo ha subito due incendi. Tutti e due dolosi. A questo punto il vecchio proprietario ha preso quattro soldi e si è fatto da parte."

"Un metodo di convincimento nel rispetto delle regole di mercato. Denunce?"

"Nessuna."

"Indagini?"

"Neanche. Noi del *Messaggero* avevamo abbozzato un'inchiesta, ma siamo stati stoppati."

"Da chi?"

"Dai Carabinieri. Un colonnello ha telefonato in redazione a Viterbo, mentre il tenente Berlingozzi mi ha convocato in caserma."

"Posso sapere cosa ti ha detto?"

"Mi ha detto che potevamo danneggiare le indagini in corso e che se avessi scritto qualche riga mi potevo scordare qualsiasi collaborazione futura con lui."

"Ricattatorio."

"Direi proprio di sì. Tu sai quanto sia importante per un giornale locale avere una buona gestione delle informazioni sul territorio e, quindi, un buon rapporto con l'Arma dei carabinieri."

"Sai altro di questa famiglia?"

"Di tutto e di più. Ero io il curatore dell'inchiesta giornalistica."

"E non hai pensato di proporla a qualche altro giornale?"

"Per farmi cacciare dal *Messaggero*? Con la biblioteca più la collaborazione al giornale io ci sto dentro bene. E ho due figli piccoli."

"Giusto. Che altro puoi dirmi?"

"Grosso modo un anno fa, il sindaco di Ronciglione ha fatto il suo pranzo di nozze al *Piccolo Lago*. Tra gli invitati c'erano molte personalità politiche e autorità civili della zona e il tenente Berlingozzi. C'ero anch'io e il fotografo del *Messaggero*. Ho anche intervistato il sottosegretario all'Agricoltura che ha promesso un intervento del governo sulla crisi della coltura delle nocciole."

"Tante personalità. Sarà stato faticoso farli entrare tutti nella stessa foto. Altre notizie?"

"Grazie a questa serie di agganci politici, locali e nazionali, i

Tataranni-De Giacomo sono riusciti a fare assumere come guardiani del Parco Riserva Naturale del Lago di Vico tre o quattro calabresi. Si tratta di ex guardie forestali della Sila. Qualcuno ha avuto l'impressione che più che vigilare sulla fauna della Riserva vigilino sul ristorante."

"Cosa mi dici di lei?"

"Lei si chiama Caterina, ma è una Tataranni di secondo letto. Il padre si è risposato dopo un breve periodo di vedovanza. La ragazza ha un fratellastro di nome Gerardo. Ha sei o sette anni più di lei e si dedica assiduamente alle corse automobilistiche. Alcune voci lo davano in procinto di passare in Formula tre, ma le previsioni non sono state confermate. È un tipo taciturno, almeno quanto lei è espansiva. Passa qualche ora al giorno in una palestra di Ronciglione, ma se ne sta sulle sue e non dà confidenza a nessuno. Gli piace non farsi notare. Lo definirei ombroso ma controllato."

"Quindi è uno pericoloso."

"L'unica sua forma di esibizione è l'automobile. Gira in Porsche e ne ha già cambiate tre. È un patito dell'ultimo modello. Allora, lo vediamo questo video?"

E Riganelli introduce la cassetta nel lettore.

Dopo aver visto Marco Magnani con i capelli biondi e gli occhi verdi dare il meglio di sé con Caterina Tataranni e altre comprimarie, Alfredo guarda Riganelli senza sapere cosa dire.

"Cosa ci faccia la giovane Tataranni insieme a tuo cugino in un film porno girato in Ungheria, e in lingua tedesca, mi sembra evidente dalle immagini. Perché siano insieme non riesco a immaginarlo. Si sono conosciuti lì? O sono andati lì perché si conoscevano già? Sono stati scelti in qualità di amanti più esibizionisti della provincia di Viterbo? Quella non è il tipo che lo fa per soldi. Ma non riesco a immaginare che cosa Marco si fosse messo in testa di combinare."

Alfredo invia un nuovo sms a Di Nicola.

Amicizie intime ma pericolose per Marco. In Ungheria c'è stata anche la miss. Hanno girato un film porno insieme. Inchiesta del Messaggero sull'acquisto del ristorante stoppata da più di qualcuno dell'azienda. Il nostro impiegato è stato in prima fila.

28

Quando mi hai chiesto di mettere per iscritto le storie mericane mi sembrò una buonissima idea. Scrivere un libro di memorie per il proprio nipotino, quale nonna non si sarebbe riempita di orgoglio?

Le parole dette sono come i sentimenti, con il tempo finiscono per consumarsi e non si ritrovano più. Il proverbio dice: "Carta parla e villan dorme." Il tuo bisnonno mericano ripeteva sempre che solo chi sa leggere e scrivere evita di fare la figura del fesso. Dopo qualche pagina mi sono accorta di non essere una brava scrittrice. Nel senso che i ricordi di una bambina sono fatti per essere raccontati a voce, perché nella voce c'è più calore e più passione che nelle parole che io sono in grado di scrivere. Per me è anche difficile mettere insieme tante impressioni diverse e farle diventare un racconto unico. Ero una bambina e ho visto le cose con gli occhi di una bambina. Da ora in poi metterò sul foglio le stesse parole che ho detto quando ti raccontavo, quest'estate, le storie mericane a voce. Anche se sono impressioni slegate tra di loro e non possono diventare un vero libro. Ma sai cosa faccio? Ti spedisco una lettera a settimana. Un ricordo di una bambina di sei anni, e ora nonna, e una lettera. Un altro ricordo e un'altra lettera. E così via. Tu, se vuoi, puoi rispondermi. Così spendiamo meno che parlando al telefono.

Il viaggio in treno fino a Napoli

Il viaggio in treno per arrivare a Napoli fu indimenticabile. Sono stata con il naso incollato al finestrino e la mia pupa stretta tra le braccia per molte ore. Non ho mai dormito come avrebbe voluto mia madre. Mi sembrava straordinario vedere tutte quelle terre e il mare lontano. Alla prima galleria mi sono spaventata e mi sono abbracciata alla mamma. Il nonno, che era stato in silenzio fino ad allora, si è chinato verso di me, mi ha messo una mano sulla testa, mi ha strofinato i suoi baffi sulle guance e mi ha sussurrato: una brava ziteda non deve avere paura. Non c'è lo babbau. È come la notte e lo jornu. Viene il buio e poi torna lo sule. Da qui a Napule succederà tante volte.

Le lenzuola delle suore

A Napoli dormimmo nel convento della zia suora, mentre il nonno andò in un albergo. Le lenzuola delle suore erano morbide e bianche bianche. La mamma mi spiegò che erano di cotone e non di canapa come le nostre. Mi addormentai subito, vicino alla mamma e abbracciata alla mia pupa. La mia pupa l'aveva fatta il nonno con un pezzo di legno, su cui aveva avvolto dei vecchi calzettoni di lana bianca. Non so come avesse pittato la faccia, la bocca e gli occhi. Io l'avevo battezzata Maria Rosa. Le volevo bene come una sorella e le parlavo come a una persona vera.

29

“Di questa gara nel Treia che c’è domani, tu cosa sai?”

“Una carnevalata. Invece che costruire carri di cartapesta per carnevale si danno da fare per inventare strani oggetti galleggianti. Era più divertente all’inizio, da qualche anno sta prevalendo l’aspetto sportivo piuttosto che il comico. Sono più competitivi che ridicoli. Quindi sono meno divertenti.”

“Marco partecipava?”

“Certamente. Non c’erano attività fuori dal comune a cui lui non fosse interessato. Allegro, curioso ed esibizionista.”

“Si dice questo di lui?”

“Quello che si dice di tuo cugino è molto semplice. Insieme al suo amico Profili si erano messi a fare i gigolò. Facevano gli spogliarelli a qualche addio al nubilato e poi, per un centinaio di euro aggiuntivi, fornivano un servizio completo. Gentili, educati e incredibilmente riservati. Mai una parola di troppo, mai una chiacchiera in giro. Erano le loro clienti a fare pubblicità e a far girare la voce. Da quello che ho sentito dire qualche marito avrebbe voluto fargliela pagare e assoldare tre o quattro soggetti che gliene dessero di santa ragione. Ma da qui all’omicidio ce ne passa.”

“Sai qualcosa di una ragazza di Ronciglione che ultimamente si vedeva con lui?”

“No. Proprio nulla.”

“Qualche confidenza?”

“Non sono portata per i particolari del sesso altrui. Ho,

quindi, evitato di incuriosirmi e di partecipare alle conversazioni sui centimetri e sulle posizioni preferite. Un'amica mi dette il numero di cellulare di Marco perché mi vedeva, dopo la separazione con mio marito, particolarmente depressa. Non gli ho mai telefonato, anche se lì per lì feci una battuta: se è bravo come il cugino Alfredo lo chiamo di sicuro."

"Ho lasciato un così buon ricordo?"

"Nelle carezze sei stato sempre bravo. Non sei il tipo che fa sentire una donna a disagio, tanto meno strapazzata da una bestia furiosa. È un grande merito. Sei un maschio molto appagante. E di abbracci appassionati e felici ho avuto proprio bisogno in quest'ultimo anno. Ma per il resto non saresti molto diverso da quel cretino del mio ex marito. Una persona capace di perdere tutte le coincidenze importanti della vita. E non sto parlando di stupidaggini. Parlo di una gravidanza difficile. Di un grave lutto familiare. Di un momento di depressione. Di un ricovero ospedaliero."

"È un brutto paragone."

"Mi spiego meglio, Alfré. Tu, lui e molti altri maschi siete portati all'assenza. Siete più portati all'amore ideale che non reale. Un po' come Dante e Beatrice, quelle storie lì, insomma. Per voi il grande amore è sempre quello che non c'è o che è lontano. Più che vivere l'amore, vi piace immaginarlo. Sognate donne che non esistono e vi sembrano bellissime proprio perché non esistono. Vivete straordinari momenti di passione e tenerezza con fanciulle che esistono solo nella vostra fantasia. Siete completamente privi di senso della realtà. Siete dei romantici stronzi. Un weekend a Venezia. Una settimana a Ibiza. Tre giorni a Parigi. Queste cose vi esaltano. L'amore di tutti i giorni, quello della vita quotidiana con donne reali vi intristisce e perdete entusiasmo. Detto in maniera più chiara: ve lo ammoscia."

"Sei spietata."

"L'amore reale ha una consistenza gelatinosa, ha bisogno di coccole, di attenzioni continue e di dedizione, non certo di manate e di scossoni. La sua fragilità va protetta. L'assenza e la mancanza di cura producono rigetto e disaffezione. In poche parole estraneità. Non credo che voi maschi siate ancora pronti per l'amore."

"Meni duro."

"Ho affetto per te. E in questo preciso momento ho molta gratitudine. È solo la verità e non ho intenzione di ferirti più di tanto. Mio marito aveva il lavoro, le sue troiette e la tribuna Monte Mario per vedere la Lazio al primo posto. Io e Michele eravamo al secondo e al terzo. Tu non saresti diverso. Avresti le notti sul Soratte a guardare le stelle, le tombe etrusche da scavare, le indagini da seguire. Ma ti ricordi di quando dimenticasti la festa del mio compleanno?"

"Secondo te sono l'uomo del sabato sera e non di una vita."

"Proprio così."

Cristina spegne la sigaretta nel portacenere del comodino. Si volta verso Alfredo, che ha le mani dietro la testa, sul cuscino. Gli mette una mano sul petto nudo, strofinandogli i peli.

"Una sera che ti aspettavo ai giardinetti, sei arrivato per dirmi che dovevi andare con tuo nonno e quel prete mezzo matto a scavare non so cosa e non so dove. Mi desti un bacio veloce e via. Io ero lì per te! E per esserci avevo detto tante bugie a mia madre, a mia nonna e a mio fratello. Una cosa da non crederci. Vieni qua, cerchiamo di recuperare il tempo perso."

Cristina spinge il lenzuolo di lino verso il fondo del letto e cerca la bocca di Alfredo.

30

La scoperta dell'attività di gigolò sobrio e discreto si è rivelata l'ennesima sorprendente rivelazione sulla vita di Marco. Con l'ansia di scoprire dell'altro, Alfredo ha deciso di non perdere tempo e dopo aver lasciato Cristina ha telefonato ad Anzellini, che ha immediatamente convocato Profili al bar del campo da rugby. Nell'ambiente del rugby nessuno può sottrarsi all'autorevolezza di Anzellini, tanto meno se si tratta di vicende connesse alla morte di Marco. Carlo Profili fa l'istruttore di nuoto part time nella piscina comunale di Civita Castellana e arrotonda lo stipendio facendo il personal trainer in una palestra.

Dopo un grave incidente al ginocchio ha smesso di giocare a rugby e si limita ad allenare i ragazzini.

Dal nuoto all'aerobica, dalla respirazione alla dieta, il benessere di molte signore passa attraverso le sue competenze.

"Il corpo è come un frullatore. Ti ridà indietro quello che hai messo dentro. Attività di qualità producono un benessere di qualità. Lo dico da anni."

Mentre in bermuda gialli e canotta verde sorseggia un succo di frutta alla carota, Profili espone con sicurezza la sua filosofia ad Alfredo.

"Equilibrio e coerenza sono fondamentali per uno standard di vita salutista. Sono i presupposti di base per evitare le malattie e l'invecchiamento precoce. Basta poco per incominciare. Meno salsicce, meno porchetta e più pesce fresco. Non è necessario soffrire la fame."

Alfredo non ha voglia di perdere tempo con uno che parla come un dépliant ed è depilato quanto un manichino di plastica.

"Tu e Marco avete mai ricevuto minacce da qualche marito geloso del benessere erotico di alta qualità che garantivate alla moglie?"

L'abbronzatura permette a Profili di mascherare il trasalimento per una domanda che non si aspettava. E tanto meno in un locale pubblico. Dallo sguardo di Alfredo capisce che è meglio non tirarla per le lunghe.

"Nessuna minaccia."

"Nell'ultimo periodo Marco frequentava una certa Caterina. Che sai di lei?"

"È di Ronciglione. L'ha conosciuta in discoteca."

Alfredo è pressante e Profili annaspa.

"Lo so che è di Ronciglione. Voglio conoscere quello che non si sa. Perché fare i film in Ungheria?"

Profili inspira profondamente, per raccogliere tutto l'ossigeno che c'è nel bar. Ha l'impressione di avere un punteruolo puntato allo stomaco e capisce che prima il punteruolo si allontana e meglio è. E la possibilità di allontanarlo è soltanto una. Dire quello che sa.

"A quei due piaceva esibirsi in pubblico. Io non me la sentivo. Hanno iniziato in alcuni club privé di Roma, con spettacoli *Sex on live*. Poi hanno ricevuto una proposta per un film e sono andati in Ungheria. Più che altro per curiosità. Hanno fatto un solo film perché si trattava di una cosa stressante, da catena di montaggio. Secondo Marco era peggio che stare in fabbrica e aveva deciso di lasciar perdere. Sia lui che Caterina preferivano le situazioni più artistiche degli spettacoli *Sex on live*. In questi spettacoli non c'era solo sesso, ma era importante la scenografia e la musica di cui loro erano responsabili. Lo consideravano un lavoro creativo."

"Tu hai il cellulare di Caterina?"

"No. So che è andata da alcuni parenti in Canada. Starà via i tre mesi estivi. Marco era contento di togliersela dalle palle perché ultimamente la trovava asfissiante."

"Se i film porno li trovava stressanti perché voleva tornare in Ungheria?"

"Mi ha detto che aveva conosciuto una ragazzina fantastica e che quasi quasi se la sarebbe sposata."

Dopo aver lasciato Profili al bar, Alfredo sale in macchina e digita un messaggio per Di Nicola.

La miss è in vacanza studio all'estero. Sembra che lui l'abbia scaricata. In passato si sono esibiti in alcuni club privé di Roma con spettacoli Sex on live.

Terminato il messaggio, non accende il motore e si ferma un attimo a ripensare alle cose dette dal gigolò timido. Un pensiero lo assilla: Marco, Marco, Marco, se mi hai lasciato una cugina acquisita incinta in Ungheria, mi arrabbio veramente!

31

Treia Cup Parking: è scritto con spray blu su un gigantesco striscione che sovrasta il parcheggio in terra battuta vicino al punto di partenza. I mezzi parcheggiati in aperta campagna, e a pochi metri dall'accesso al Treia, non presentano particolari sorprese. Automobili e furgoni impolverati.

I mezzi presenti in acqua e pronti per la partenza, invece, di sorprese ne presentano molte.

Il primo ad apparire è un tandem senza ruote, ma con quattro assi che lo fissano a quattro ciambelle di salvataggio in plastica dura. Ai pedali ci sono quattro pagaie mozze, che dovrebbero presumibilmente garantire una spinta in seguito alle pedalate. I due concorrenti hanno un regolamentare casco da ciclista. Uno dei due, quello con i pettorali scolpiti è Profili.

Non è piovuto molto di recente e il Treia non è gonfio di acqua, per questo molti partecipanti alla gara aspettano il via stando a mollo, con l'acqua all'altezza delle cosce. Al suono della tromba ognuno salterà sul proprio mezzo di trasporto e via lungo la corrente, fino al traguardo.

Gli organizzatori passano a controllare che tutto sia regolare, anche se è più per recitare un ruolo che per altro. Di regole ce ne sono proprio poche. La gara consiste nel raggiungere il traguardo con ogni mezzo galleggiante noto e ignoto. Le uniche forze motrici ammesse sono quelle umane e la corrente del Treia. Ci si può aiutare con pinne, remi, pale da neve, pagaie, racchette da tennis e tutto quanto possa potenziare la forza muscolare. Nella parte posteriore di un canotto giallo c'è seduto un distinto signore in giacca e cravatta e borsa ventiquattrore, davanti c'è uno in ginocchio e pagaia in mano. Indossa una canotta gialla con scritta in nero: *Taxi driver*.

Decine di persone si predispongono lungo gli argini, qualcuno è con i piedi in acqua. I bambini sono i più festosi quando tra i concorrenti individuano persone che già conoscono.

Molti concorrenti indossano la tuta da sub. Uno ha la tuta da sub ma in testa un cappello a cilindro. Le tavole da windsurf e le grosse camere d'aria delle ruote dei camion sono i mezzi di trasporto fluviale prevalenti. Un tipo vestito da clown ha due pinne ai piedi e due nelle mani. È una sorta di carnevale estivo che sfila dentro il Treia e produce momenti di grande divertimento. Riganelli e un suo amico sono su due tavole da surf agganciate insieme a costituire una zattera, una canna da pesca svetta sulle loro teste. Vi è appeso un cartello in plastica su cui è scritto: *Stampa*. Una cilindrica tenda spogliatoio da spiaggia si erge su una gigantesca camera d'aria. In alto c'è un cartello: *Toilette*. Suona la tromba: partenza! E i concorrenti si lanciano, incoraggiati dalle urla degli spettatori che sono tra gli argini e l'acqua.

Dopo che si sono allontanati tutti, si muove la Clinica Mobile con le lettighe galleggianti. Sono sette gigantesche camere d'aria agganciate a mo' di vagoni ferroviari. Due infermieri appiedati affiancano la prima e le trascinano tutte. Hanno il cappello verde, la mascherina verde sulla bocca e uno stetoscopio al collo. Consci della loro importanza e del loro ruolo, hanno il passo serio e lento di una processione pasquale. Mentre il compagno di Riganelli cerca di pagaiare cercando di non rovesciare la zattera a loro disposizione, il giornalista del *Messaggero* prende sul serio il suo lavoro e riempie di appunti un block notes:

- Descrivere luoghi e flora di stagione.
- Immissione di Rio Filetto nel Treia e aumento massa d'acqua.
- Ponte rotto nell'alluvione del 1861.
- Improvviso cambio di direzione del Treia da nord verso est, i concorrenti più forti e competitivi incominciano a distanziarsi dagli altri.
- Ponte della ferrovia e immissione del Rio Maggiore.
- Vivaio di fiori e vetusta piscina della fonte del Moro.

Un imprevisto assembramento di mezzi galleggianti e di concorrenti scesi in acqua inizia all'altezza dell'ex convento di Santa Susanna e s'intensifica subito dopo. Un paio di concorrenti hanno risalito l'argine e fanno dei gesti alle automobili di amici e conoscenti che seguono dalla strada o che semplicemente si spostano verso il luogo di arrivo. La prima cosa che pensa Riganelli è che ci sia stato qualche incidente e che ci siano delle persone ferite. Le cose iniziano ridendo e scherzando, poi prevale l'elemento competitivo e si finisce sempre nell'agonismo sfrenato. L'anno prima c'era stato più di qualcuno che aveva avuto bisogno del Pronto soccorso. Di solito il pericolo maggiore sono i rami spezzati degli alberi che costeggiano il Treia e che si trovano appena al di sotto del livello dell'acqua. Riganelli ripone block notes e penna nel marsupio di pelle che tiene a tracolla e scende dalla zattera improvvisata, si immerge in acqua fino all'ombelico e cerca di arrivare a piedi dove c'è un gruppo di persone piuttosto agitate. Mentre si avvicina senta la sirena di un'ambulanza. Poco dopo un'altra sirena. È quella dei carabinieri.

"Ciao, Alfré. Sto nella caserma dei Carabinieri. C'è già stata l'identificazione. L'ha riconosciuto il tenente Berlingozzi. La famiglia è stata avvertita e più tardi cercherò di parlarci."

"E Berlingozzi come lo conosceva?"

"Non lo so, Alfré. E nemmeno vado a chiederglielo. Era bianco come uno straccio e si è chiuso nel suo ufficio. Manco fosse uno di famiglia."

"Sei sicuro che fosse rumeno?"

"Certamente. Ho parlato con il maresciallo Mascolo. Rumeno, diciotto anni, il padre fa il muratore un po' qui e po' là e il sabato cura alcuni giardini, la madre è badante, e ci sono due sorelle più piccole. Stanno a Civita da otto anni e abitano in via Panico."

C'è esitazione nella voce di Alfredo.

"Che idea ti sei fatto?"

"La stessa che ti sei fatta tu."

È più turbato Alfredo a spedire un sms o Di Nicola a riceverlo?

Trovato il cadavere di un ragazzo rumeno nel Treia. Aveva due pesi da palestra alle caviglie. Molto coinvolto emotivamente il nostro impiegato dell'azienda.

32

Al numero 38 di via San Felice c'è un passo carraio e un cancello di metallo che dà sul portico. Superato l'androne ci sono quattro palazzine in mattoni rossi. In quella in fondo c'è l'appartamento dove l'agente Caponi abitava con i genitori. Di Nicola vi è stato spesso a cena e dopo l'assassinio del giovane poliziotto ha continuato a frequentare i suoi genitori. Un po' per i sensi di colpa e un po' perché considera i Caponi una seconda famiglia.

Spesso il sabato sera è a cena da loro. E nessuno può trovarci niente di strano se anche il 29 giugno Di Nicola si presenta al citofono del numero 38.

La stranezza è che dopo aver lasciato una bottiglia di Sauvignon in frigo, si reca insieme al signor Caponi in giardino. Dietro la casupola degli attrezzi c'è un cancello che comunica con l'orto di un vicino dei Caponi, e da lì con un numero civico di via del Pratello. A duecento metri in linea d'aria dal cancello di ferro al numero 38 di via San Felice, ma praticamente il triplo spostandosi per le vie della città.

"Grazie, Antonio. Ci vediamo qui tra un'ora."

"È la loro vocazione alla rapacità e all'adattamento territoriale che li spinge a inserirsi in ogni attività economica dove si possano fare soldi. Meglio se si tratta di un'attività illegale. Senza regole e vincoli legali, la possibilità di raggiungere una posizione dominante è facilitata. Invece di contrattare con gli altri operatori economici secondo le regole di mercato, si usa il regolamento dei conti con i pesi da palestra."

Ha le idee chiare il dottor Lisco e le manifesta durante l'happy hour in uno dei tanti locali di via del Pratello. Di Nicola e il giudice hanno il bicchiere in mano e se ne stanno in piedi nel portico, intorno a loro decine di ragazzi.

"Perché questa ossessione di firmare gli omicidi?"

"Per poter esibire il loro potere e la loro forza. Anche se hanno fatto studiare i figli, e si nascondono dietro attività economiche pulite, non possono rinunciare alla suggestione dei rituali più arcaici. Il battesimo di affiliazione, il giuramento di sangue, il pellegrinaggio annuale al santuario della Madonna di Polsi, l'esibizione della spietatezza per garantirsi il rispetto delle altre 'ndrine."

"E a noi non ci temono proprio!"

"Le loro possibilità economiche sono tali e tante da poter corrompere e ricattare chiunque. Soprattutto quelli tra le forze dell'ordine che hanno uno stipendio che a malapena li fa arrivare alla fine del mese."

"Siamo proprio dei don Chisciotte. Grandi ideali e patetiche realizzazioni pratiche."

"Noi non lavoriamo nel vuoto assoluto. Viviamo in un mondo concreto che ci rema contro. Finché gli imprenditori del nord Italia continueranno a considerare le mafie un semplice costo di produzione che gli agevola il lavoro, queste ingrasseranno senza fatica. Finché i politici e gli amministratori del sud Italia continueranno a considerare le mafie come procacciatrici di un ottimo serbatoio di voti, il loro potere si espanderà a macchia d'olio. Finché il fior fiore di professionisti, medici e ingegneri e avvocati, gonfieranno i loro conti correnti senza sentirsi colpevoli in quanto hanno solo fornito consulenze e competenze, ma non hanno ammazzato nessuno, l'illegalità sarà un problema solo per i magistrati, i poliziotti e qualche giornalista. Finché i commercianti faranno la voce grossa solo per le tasse e non per il pizzo, cambierà poco in questo paese. Cosa ha saputo dall'aeroporto?"

"Il giovane Tataranni era a Bologna il 12 giugno. Alle dieci e un quarto del giorno dopo è partito per Montreal con l'Air France. Scalo intermedio a Parigi. È bastata una telefonata in più per sapere che ha dormito al Carlton. Abbiamo trovato l'assassino."

"Sì. Ma non possiamo arrestare una persona solo perché ha dormito al Carlton e preso l'aereo al Marconi. La vedo perplesso, Di Nicola."

"Sto pensando al mondo in cui viviamo. Ci sono meno frontiere e le merci girano come trottole. Puoi tranquillamente mangiare il sushi qui in via del Pratello e i tortellini in brodo a San Francisco. Puoi sapere in diretta che musica si sta ascoltando in una discoteca di New York e quante pinte di birra si stanno bevendo in un pub di Londra. Puoi fare un weekend a Berlino, ripartire il lunedì mattina ed essere puntualmente alle nove in ufficio a Milano. Ma noi poliziotti dobbiamo sempre muoverci con cautela, circospezione e piedi di piombo. Tutto si muove a una velocità sconcertante, solo noi siamo lenti come lumache."

"*Festina lente*, affrettati lentamente, dicevano i nostri antenati latini. Ci vogliono prove, gli indizi non bastano. Questa è gente che va presa con le mani nel sacco o sporche di sangue. Dobbiamo agire a colpo sicuro. Non vorrà mica prendere il prossimo aperitivo con me in un paesino di montagna a pochi chilometri dal confine francese? Se non ci fermano le pallottole, saranno i trasferimenti a farci passare la voglia di indagare. Come sta andando a Civita Castellana?"

"Oggi un ragazzo rumeno è stato trovato nel fiume Treia, aveva due pesi da palestra alle caviglie."

"Che dice il nostro uomo sul posto?"

“Per Magnani sarebbe stato sufficiente fare un paio di chilometri di strada di campagna e arrivare al punto dove il Treia confluisce nel Tevere. Un cadavere con i pesi nel Tevere avrebbe avuto poche probabilità di venire fuori. O sono stati infastiditi da qualcosa e lo hanno scaricato di fretta o non conoscevano bene la zona. Oppure c’è una terza ipotesi, la più inquietante e la più probabile. Non volevano occultare il cadavere, avevano intenzione di farlo ritrovare. E farlo ritrovare oggi, il 29 giugno.”

“Perché oggi?”

“Oggi era in programma una gara di strane barche sul fiume e quindi ci sarebbero state molte persone. Il rinvenimento del cadavere era pressoché inevitabile. C’è anche un aspetto simbolico, decisamente inquietante. Oggi il ragazzo romeno compiva diciannove anni. Era il suo compleanno.”

33

Il fatto che Marchioni abbia accettato un incontro è positivo, che l'abbia proposto di domenica mattina un po' meno. Ma visto il soggetto è meglio prendere quello che può offrire e poi si vedrà. È questo che pensa Alfredo mentre aspetta Riganelli.

L'appuntamento con il giornalista è dopo la porta Borgiana, nei pressi di una vecchia ceramica. Proprio dove c'era il ponte sul Treia distrutto dall'alluvione del 1861. Nella stessa settimana era saltato il ponte Clementino e il ponte di Terrano. Praticamente il paese era rimasto quasi del tutto isolato e privo delle sue vie di comunicazione più importanti. Suo nonno gli aveva spiegato che il ponte e la porta erano stati costruiti insieme, centinaia di anni fa. Ma la porta c'era ancora, mentre il ponte non ce l'aveva fatta a resistere all'urto del Treia. Lo aveva invitato a riflettere quanto l'acqua fosse più pericolosa del fuoco. Il fuoco si può spegnere, l'acqua non la ferma nessuno. Marco e il ragazzo rumeno cosa avrebbero potuto aggiungere ai consigli del nonno?

Il clacson di Riganelli interrompe le riflessioni di Alfredo che accende il motore e segue il giornalista. Si deve superare la località Millecuori e andare verso il comune di Castel Sant'Elia, a un certo punto si prende un viottolo di campagna non asfaltato che porta in località monte Foga. Lì, a picco sul Treia, c'è il casale con laboratorio di Marchioni.

Nel cortile antistante il casale non c'è Marchioni ad aspettarli, ma un gigantesco mastino napoletano. Considerate le intenzioni poco rassicuranti del cane, Riganelli e Alfredo rimangono nelle proprie automobili. Il giornalista suona il clacson un paio di volte, poi si attacca al cellulare.

Un tipo magro, in mutande, con i capelli spettinati, una camicia con cui dà l'impressione di avere dormito e un paio di occhiali da sole, esce da un portoncino di legno e va verso il cane. Lo prende per il collare, lo porta in un angolo della casa e lo aggancia a una catena. Prende una scatola di croccantini dal davanzale di una finestra e versa un po' del contenuto in una ciotola.

"Questa ha sempre fame. Mangia sei volte al giorno e mi costa un occhio della testa. Meno male che è affettuosa e sa fare la guardia. Con tutti i delinquenti che girano, un cane tosto ci vuole se vivi isolato."

Riganelli fa appena in tempo a scendere dall'auto e presentare Alfredo che Marchioni ricomincia.

"Sapete come l'ho chiamata? Il suo nome è Cagna. In onore del sacro monte di Cagnanello, dove i Falisci avevano localizzato la presenza del dio Vertunno. Dio che aveva la capacità di cambiare le sue sembianze. Se lo invocava un uomo si presentava sotto le forme di Vertunno, se lo invocava una donna assumeva le sembianze di Voltunna. Era un tipo che si adattava alla situazione per mettere i fedeli a proprio agio."

Alfredo e Riganelli non riescono a capire se Marchioni si stia rivolgendo a loro o a un pubblico immaginario.

"È l'evoluzione della lingua che ci spiega il senso del nome Cagnanello. Cangiare, cambiare, cagnare. Verbi sinonimi che conservano il senso delle mutazioni del dio. E la mia Cagna è proprio come lui. È buona e disponibile con me e con chi mi vuole bene, ma diventa feroce e spietata con chi mi vuole male. Non state fermi lì! Venite dentro."

Alfredo ha l'impressione di avere a che fare con uno schizzato. Uno che ha blaterato per dieci minuti, mentre bastava dire: attenti al cane!

Riganelli gli aveva consigliato di lasciarlo parlare, perché è uno a cui piace ascoltarsi. Se è in grado di dare notizie, lo fa durante la sua logorrea, non perché risponda in maniera diretta alle domande.

Il primo ambiente sulla destra è una grande cucina, tenuta in penombra dalle persiane chiuse. Alfredo fa appena in tempo a intuire la presenza di pentole, piatti e bottiglie sul largo tavolo.

"Di qua. Di qua. Se volete acquistare qualcosa di straordinario, creato dalle mani dei Falisci del terzo millennio, guardatevi pure intorno e chiedete. Qui facciamo solo prezzi per amici. Anche se ormai aumenta tutto in questo paese. Guardate quanto costa un pacchetto di sigarette! E la benzina, eh? E le tasse? Ormai è tassato tutto. Ci manca solo che ci tassino quello che cachiamo. Qui da me, però, i prezzi sono ancora buoni. Guardate e chiedete. Guardate e chiedete."

La stanza è circondata da ripiani in legno che sembrano assemblati in maniera artigianale. Sui ripiani ci sono oggetti collocati con attenzione e non alla rinfusa. Due grandi kylix a figure nere, tre stamnos a figure rosse, una hydria con decorazione a rilievo, quattro antefisse con testa di sileno, alcuni bellissimi kantaros in bucchero, alcune situle dipinte in rosso su bianco con disegno zoomorfo. Quando Alfredo prende in mano un'anfora a quattro anse con decorazione in rosso su bianco, Marchioni inizia a fare il prezzo.

"Si vede che sei un conoscitore, quello è un pezzo bellissimo. L'ho copiato dal Museo di Villa Giulia e c'ho messo anche qualcosa di mio. Te lo posso dare a un prezzo da vero amico, solo perché tu sei il cugino di Marco. Trecento euro e te lo porti a casa. Anzi, duecentocinquanta e non ne parliamo più."

"Marco lavorava qui con te?"

"Sì, ma non eravamo soci. Si collaborava perché lui si era specializzato in gioielli e io in ceramica. Gli stessi animali che io disegnavo negli impasti, lui li riproduceva sui bracciali e sull'ambra. Era un grande professionista. Incisione e granulazione non gli mettevano paura. Allora la prendi per duecentocinquanta?"

"Dove prendeva l'oro?"

"A Roma. Ma non so da chi. Aveva i suoi fornitori. Allora la prendi? E non ti interessa uno stamnos?"

Marchioni sembra in procinto di trasformare il disagio in ostilità e Alfredo, dopo aver subito gli stimoli dello sguardo di Riganelli, dichiara di prendere l'anfora e tira fuori dal portafoglio le banconote.

"Non ti pentirai mai di questa anfora, vedrai. Se la regali a qualcuno, penserà che è vera. Tu non hai idea di quante ore di lavoro mi è costata."

Mentre Marchioni mette l'anfora in una scatola riempita di rifilature di polistirolo, Alfredo cerca di insistere.

"Chi gli smerciava la roba?"

"Sempre quelli dell'oro. Ma te l'ho detto che non so chi sono. Gente di Roma. Gente di Roma."

"Sono loro che l'hanno fregato?"

Marchioni è palesemente infastidito e gli occhi di Riganelli roteano un paio di volte guardando verso il soffitto.

"Penso di sì. Penso proprio di sì. Ci sono dei delinquenti in giro che bisogna proprio avere paura."

Marchioni mette la scatola nelle mani di Alfredo e si allontana verso l'uscita. Non resta che seguirlo.

34

È una domenica da mare e a Civita Castellana girano poche persone e poche automobili. Sono tutti a catturare le prime abbronzature che predispongono alle vacanze. La calura dell'estate mediterranea c'è già tutta e per fermarsi è necessario un posto all'ombra. Riganelli sceglie un bar periferico in località Sassacci, vuole l'ombra ma non gente intorno. Si siede a un tavolino all'esterno e chiede al barista due aperitivi analcolici con le patatine, solo dopo si volta con fare interrogativo verso Alfredo, che gli risponde con uno sguardo di assenso. Riganelli fa uno sforzo per non mettere l'accento sull'insistenza di Alfredo che ha rischiato di rovinare tutto. Nonostante fosse stato avvisato di essere cauto nelle domande si è comportato come al solito da quel capoccione testardo che è. Il suo silenzio tradisce tutto il suo disappunto. È Alfredo a parlare per primo.

"È sempre così strafatto?"

"Secondo me sta peggiorando. Credo che stia alternando cocaina ed eroina e non so quanto durerà. Si è convinto che l'eroina fumata e non introdotta in vena non dia dipendenza. Si considera furbo e intelligente, mentre quelli che usano la siringa sono i veri tossici."

"Un tipico italiano. I disonesti sono gli altri. Il divieto di sosta vale per gli altri. I tossici sono gli altri. Le leggi dovrebbero essere rispettate dagli altri."

"È un genio nella sua attività da ceramista, per il resto è un disastro. Si sente un falisco del terzo millennio e odia i romani che definisce dei pecorari latini. Attribuisce ai Falisci una grandezza storica che non hanno mai avuto."

"È completamente fuori."

"Di più. L'anno scorso mi ha telefonato perché aveva avuto una grande idea. Mi ha pregato di fare un pezzo sul *Messaggero* che evidenziasse come fosse necessario ripristinare il sacrificio di bianche giovenche nel tempio di Giunone Curite. Secondo lui la dea si sarebbe commossa e ci avrebbe aiutato a superare la crisi delle ceramiche."

"Fantastico!"

"Hai letto i giornali riguardo al ragazzo rumeno?"

"No. Non ancora. Né il tuo pezzo né gli altri. Mi sono alzato tardi e non sono passato all'edicola."

Riganelli apre il *Messaggero* sul tavolo e lo piega a metà.

"Quello che io cito in corsivo è il comunicato dei carabinieri di Civita. Io lo riporto così come me l'hanno trasmesso, senza entrare nel merito. Mi dilungo di più sul ritrovamento nel Treia, evidenziando la casuale presenza del cronista."

Riganelli porta il bicchiere alla bocca e lascia Alfredo alla lettura. Aspetta che alzi la testa e riprende a parlare.

"Avrai notato che nel testo in corsivo c'è scritto che il giovane Nicolae faceva il cameriere, ma non c'è scritto dove. Quel ragazzo io l'ho visto molte volte alla *Giaretta*, il ristorante che sta vicino al piazzale Marconi. Ma ultimamente c'è un altro ragazzo al suo posto. Tu devi sapere che la moglie del tenente Berlingozzi è una docente di Italiano e Storia e insegna proprio di fronte al ristorante, quando esce all'una e mezzo il marito passa a prenderla e pranzano alla *Giaretta*, quindi conosceva Nicolae. Perché nel comunicato dei carabinieri non c'era scritto *cameriere alla Giaretta* anziché soltanto *cameriere*?"

"E così importante?"

"Certo. Nella cronaca locale di un quotidiano si evidenziano i dettagli più che mai. Si forniscono ai lettori tutti i particolari e le descrizioni più minuziose, si fanno i nomi delle vie e dei ristoranti, si evidenzia il nome di battesimo del sindaco e degli assessori. In un paese come il nostro più che il villaggio globale rimane il villaggio locale il principale interesse dei lettori."

"Ma non dovrebbe spettare a te e non ai carabinieri?"

"Vero. Ma loro sanno come funziona. Come mai se ne sono dimenticati in questa occasione? Io non posso interferire con i loro comunicati ufficiali. Ma l'anomalia non finisce qui. Se il ragazzo da qualche tempo non c'è più, perché è stato scritto *cameriere*? E se fosse andato a lavorare in ceramica? E se fosse entrato in ferrovia? Magari assunto alla Cotral per guidare gli autobus?"

"Trascuratezza o qualcos'altro?"

"Io che faccio il cronista da una vita ho telefonato alla *Giaretta* e mi hanno detto che il ragazzo si era licenziato da due mesi e che era andato a lavorare a Ronciglione, al *Piccolo Lago*."

"Porca paletta!"

Alfredo si sorprende nell'usare un'espressione tipica del nonno e si sposta sulla sedia.

"Preparati, Alfré, che il botto vero arriva adesso. A questo punto ho telefonato a casa di Nicolae e la mamma mi ha detto che si era spostato al *Piccolo Lago* su consiglio del tenente Berlingozzi."

35

Anche quando dorme, Cagna non offre l'immagine di un cagnolino simpatico e affettuoso. A nessuno verrebbe voglia di allungare una mano per carezzarle la testa e farle dei complimenti. Sentirla ringhiare nel cuore della notte, e vedere la sua mole annusare l'aria per percepire la provenienza di quell'odore che la turba, e a cui non è abituata, è un invito alla cautela. Vicino ai piloni di tufo, dove molti anni fa c'era un cancello funzionante, c'è una sagoma bianca a turbare Cagna. È un estraneo. Ma è un estraneo verso il quale prova un interesse. Una curiosità. Il suo compito è chiaro: allontanare gli estranei in ogni maniera. Ma quel maremmano bianco ha un odore che non ha mai percepito così forte. Forse potrebbero correre insieme dove è stato mietuto il grano da pochi giorni. Forse potrebbero fingere di mordersi e di aggredirsi come faceva da piccola con i suoi fratelli. Ma Cagna non può abbandonare il suo posto di guardia. Che fare? Deve prevalere la natura o la fedeltà all'uomo? Nell'indecisione inizia ad abbaiare e il maremmano le risponde. È un bel gioco. Piace a lei e al maremmano. E continuano per molti minuti.

Marchioni, dopo aver verificato dalla finestra del piano superiore quello che sta accadendo, scende nel cortile in mutande e con una lampada tascabile in mano.

"Brutta troia! Basta che vedi un maschio e sei subito a sbavare. Vieni qua! Non voglio che mi scappi come hai fatto l'ultima volta."

Prende il collare di Cagna e lo aggancia alla catena, poi raccoglie due o tre ciottoli da terra e li lancia verso Asso.

"Vai da un'altra parte, brutto stronzo! Qui c'è una signorina per bene."

Marchioni non ha capito che Asso non è stato intimorito dai ciottoli. Il maremmano si è allontanato solo perché richiamato dal sibilo di Alfredo.

"Ecco! Bravo vai a fare danni da un'altra parte."

Mentre Marchioni chiude il portoncino. Un braccio lo stringe alla gola, una mano gli copre la bocca impedendogli di urlare, altre mani gli strappano la lampada e gli immobilizzano le braccia. Tante mani contro di lui e tutto avviene molto velocemente.

Quando viene accesa la luce nel suo piccolo magazzino, Moreno Marchioni si ritrova legato con il nastro adesivo a una sedia, le mani dietro la schiena. Sul tavolo, vicino a uno stamnos a figure rosse c'è un computer portatile aperto, a pochi centimetri c'è una pistola. Ha l'impressione di soffocare, ma è solo il nastro adesivo che si trova sulla sua bocca a creargli quella difficoltà. È ancora in mutande ma ha caldo, anche se sono le tre di notte. Sente le gocce di sudore che scivolano dall'attaccatura dei capelli alle sopracciglia, scuote la testa perché lo irritano.

È fastidioso! È fastidioso! È fastidioso!

La luce si spegne. Entra qualcuno. Si muove orientandosi con il riverbero di luce del corridoio.

Si accende il computer e lo schermo viene orientato in modo che lui possa vederlo nel migliore dei modi. Ma cosa vogliono? Chi sono?

La figura che si trova nella stanza esce nuovamente. È solo con il computer. È partita una sequenza di foto. Nella prima foto che vede c'è lui, poi lui che gioca con Cagna. Lui che sale nella Panda. La Panda è davanti a un cartello stradale che fa sapere che si sta entrando nel comune di Nepi. La Panda dietro il cartello con la denominazione *Comune di Ronciglione*. La Panda sotto il cartello *Benvenuti al ristorante Il Piccolo Lago*.

Marchioni percepisce nettamente il sudore che scivola dal collo alle scapole. Compare la foto di lui e Gerardo che chiacchierano sul piccolo molo.

È stato proprio mentre raccontava di aver ricevuto la visita di Riganelli e Magnani! Gerardo gli aveva detto di non preoccuparsi e di telefonare se avesse avuto ancora problemi da quei due. Era stato molto generoso e gli aveva lasciato dieci dosi in cambio di un'antefissa rovinata che lui era riuscito a restaurare.

Si accende la luce ed entra qualcuno che interrompe la sequenza fotografica del computer.

Quando si volta, lo vede bene. È Magnani. Il cugino di Marco. Ha un martello nella mano destra.

"La prima cosa da dire è che sei molto fotogenico. La seconda è che non ci hai fatto sapere di avere amicizie importanti. Gerardo Tataranni è stato molto cordiale e ti ha anche tenuto una mano sulla spalla. Sembravate proprio due amiconi."

Marchioni è attonito.

"Riganelli, che è un ragazzo ingenuo, pensa che tu ti stia rovinando con quella roba che fa friggere il cervello. Io, invece, ho l'impressione che tu sia proprio stronzo. Roba o non roba. E ho deciso di usare questo martello per chiarirti le idee."

Marchioni si rende conto di essere bagnato dalle mutande alle gambe, ai polpacci, ai piedi. E capisce che se l'è fatta addosso.

Alfredo toglie il computer dal tavolo e lo porta via, prende la pistola e la infila nella cintura.

“Se non fosse sufficiente il martello, posso sempre usare questa.”

E posa lo sguardo sulla pistola. Con un improvviso gesto della spalla, Magnani dà una martellata allo stamnos, proprio sulla testa di Eracle.

“È proprio impastato bene! Ho fatto solo un grosso buco.”

Continua furiosamente a colpire finché lo stamnos non è distrutto. Poi, con calma, prende da un ripiano in legno una hydria con decorazioni in rilievo e si accanisce su quella. Le antefisse con la testa di sileno le distrugge direttamente sul ripiano, senza metterle sul tavolo. Aspetta che la polvere si depositi sul pavimento, guarda il pianto disperato dell’uomo legato alla sedia e le lacrime che gli scendono dagli occhi, posa il martello sul tavolo e gli toglie il nastro adesivo dalla bocca.

“Se vuoi salvare i prodotti della tua arte, se vuoi salvare Cagna, se vuoi salvare la tua pellaccia, ti do cinque minuti per dirmi tutto quello che sai sulla morte di mio cugino.”

“È stato Gerardo. È stato Gerardo.”

“Perché?”

“È tutta colpa di Caterina. Le femmine sono tutte troie. Dammi un bicchiere d’acqua, per favore.”

“No. Vai avanti!”

“Una sera Gerardo si è presentato qui. Aveva uno sguardo da matto e un bracciale d’oro in mano. Mi ha chiesto chi poteva aver fatto una cosa del genere. E io lo sapevo. Per giorni Marco aveva lavorato a quel bracciale, realizzando una scena erotica con il sistema della granulazione. Non mi aveva voluto dire per chi fosse, ma aveva detto che era la posizione preferita della donna con cui si vedeva in quel momento.”

“E tu gliel’hai detto.”

“Certo! Caterina, l’ho fatta conoscere io a tuo cugino. Io ero innamorato di lei e lui se la scopava. Lo capisci quant’era stronzo tuo cugino. Doveva essere la mia donna e invece andava con lui. Lo capisci questo? Lo capisci questo?"

Alfredo chiude un attimo gli occhi. La notte, la stanchezza, la verità. È come finire una gara sportiva per la quale ti sei preparato per mesi, impegnando energie mentali e fisiche. Quando la gara finisce c'è un momento di vuoto, quello che dava senso alle tue azioni e alla tua vita non c'è più. L'euforia per un risultato positivo può aiutare a riempire il vuoto, ma solo per poco. I cattivi feriti nell'onore, il buono ma spregiudicato, l'imbecille che vuole vendicarsi. Potrebbero essere i protagonisti di un film. Un western alla viterbese. Ma sono solo suggestioni, forzature della realtà per diminuire l'amarezza.

La vita di Marco è andata perduta per una banale storia di sesso. Questi sono i fatti. Ora non resta che aggiustare le cose con l'imbecille e chiudere i conti con i cattivi.

Dopo una doccia, una bottiglia di acqua e tre sigarette, Moreno Marchioni sembra rinfrancato. E ascolta per l'ennesima volta le raccomandazioni di Alfredo.

"Ti riposi e ti fai una bella dormita. Alle nove e mezzo sarò qui. Alle dieci siamo dai carabinieri di Civita e racconti tutto. Di solito il lunedì mattina in caserma c'è poco da fare. Vedrai, i caramba saranno contenti di incominciare la settimana con un caso interessante."

"Sicuro che non rischio niente?"

"Primo: permetti di scoprire chi ha commesso un omicidio. Quindi la legge ti deve qualcosa. Secondo: tu hai fornito a Gerardo Tataranni solo un'informazione, ma non sapevi che uso volesse farne. Stai tranquillo. Hai solo da guadagnarci."

"Se mi fanno entrare in una comunità di recupero, me lo daranno il permesso per venire qua a lavorare?"

"Se tu smetti di farti non possono negartelo."

"Va bene. Ci vediamo domani mattina."

"Mettiti la sveglia."

36

Sono le nove e quaranta quando Alfredo giunge nel cortile di Marchioni, ma l'agitazione che ha caratterizzato le ore precedenti è già finita. Ci sono due camion dei vigili del fuoco, un'autoambulanza e due auto dei carabinieri. L'evidenza dei fatti è inequivocabile. Al casale è accaduto qualcosa di irreparabile.

Non appena Alfredo esce dalla Golf, gli si fa incontro il tenente Berlingozzi.

"Anche lei qua, Magnani."

"Che si sa di preciso?"

"Un vicino ha telefonato ai vigili verso le sette e mezzo. Secondo i vigili l'incendio è partito dal forno del laboratorio, Marchioni è stato colto di sorpresa e nel tentativo di domarlo è rimasto soffocato. È morto anche il cane, forse sarà entrato per tirare fuori il padrone e non ce l'ha più fatta a uscire."

"Perché accendere il forno se sapeva che sarei stato qui verso le nove e trenta e saremmo venuti insieme in caserma?"

"Da me?"

"Sì. Voleva confessare la sua complicità nell'assassinio di mio cugino Marco."

Berlingozzi ha un leggero trasalimento, si guarda intorno, poi prende sottobraccio Alfredo.

"Sono interessato a parlare con lei, ma non in caserma. Sarò anche in grado di spiegarle il perché di questo atteggiamento. Sta arrivando anche Riganelli. Sono costretto a chiederle di rivelare quello che sa solo dopo il colloquio con me. Mi conceda un po' di credito, almeno fino al quel momento."

Alfredo è stupito e non lo nasconde.

Prima che il corrispondente del *Messaggero* li raggiunga, il tenente si avvicina all'orecchio destro di Alfredo.

"Questa sera, alle otto. In piazza Crispi, a Viterbo.

All'angolo con via Monte Asolone c'è un bar che fa ottimi panini. Ci vediamo lì."

Dopo aver salutato sia Alfredo che il tenente, Riganelli apre un quaderno per scrivere appunti.

Alfredo si allontana e manda un messaggio a Di Nicola.

Forse hanno terminato la scorta di pesi da palestra. Stavolta hanno usato il fuoco. Del tipo che aveva informato la famiglia degli spostamenti di Marco non è rimasto molto. L'impiegato mi ha chiesto un colloquio, ma stranamente fuori dell'azienda. Accetto?

La risposta del vicequestore non si fa attendere.

Non scoprire le carte. Falle scoprire a lui. Dagli l'illusione che ti fidi di lui. Dovrebbe oscillare tra l'intimidazione e la corruzione. Tu prendi tempo. Accetta solo in un luogo pubblico, e guardati intorno. Potrebbe essere un modo per farti identificare dai calabresi. Sii prudente.

E Alfredo.

Va bene. Il rompicoglioni presuntuoso e ottuso che viene da Bologna io faccio e niente altro saccio. Sarò prudente e sarò coperto.

Mentre chiude lo sportellino del cellulare e ordina un caffè alla barista di via Battibecco, Di Nicola ha un moto di affetto per l'incoscienza giovanile di Magnani e della sua voglia di fare lo spiritoso.

Ci sono più strade per andare da Civita Castellana a Viterbo ma Alfredo prende sempre la vecchia strada dei monti Cimini. Quartaccio, Corchiano, i vigneti, l'aggiramento di Vignanello e Vallerano con relativa immersione nei noccioleti, la parte alta di Canepina e le gallerie di castagni che danno ombra e un verde quieto che riposa gli occhi. Il bivio per Soriano, quello per Bagnaia, il parco con quelli che vanno a prendere il fresco, lo stop dopo il dosso, le piantagioni di mele, le caserme dell'esercito italiano e infine porta Romana.

Una volta a Viterbo, per raggiungere l'officina della Porsche Alfredo deve prendere il viale Capocci che da porta Romana costeggia le mura medievali.

Prima porta della Verità, poi porta San Marco, quindi via San Bonaventura con porta Murata e infine piazzale Gramsci con le mura merlate alte dieci metri.

Quelle mura grigie sono lì da mille anni e sembrano dare la certezza che con il coraggio e l'ostinazione si possa resistere all'usura del tempo. Alfredo ha sempre considerato lo zio Giovanni, che da tanti anni viene tutti i giorni a Viterbo per lavorare, come quelle mura: resistente e roccioso. Un esempio per tutti.

Ma per la prima volta l'ha visto invecchiato e ingrigito. Al pranzo di domenica scorsa si è presentato con la barba non rasata. Non aveva appetito e ha appena spizzicato il cibo che Antonella gli ha messo nel piatto. Ha chiesto una fetta di pane, e l'ha mangiata con sale e olio. Quando Antonella aveva manifestato li suo disappunto lui aveva risposto che quando sua madre riceveva qualche complimento per la robustezza e la bellezza dei suoi due figli maschi replicava sempre con la stessa battuta: questi giovani Magnani li ho cresciuti a pane e olio, mica a pane e acqua.

37

Giovanni Magnani e Alfredo Magnani sono seduti in un bar di Viterbo, vicino alle vecchie terme. Il sole si sta preparando a scendere più avanti, verso la campagna, verso Tuscania, verso Tarquinia, verso il mare. Lo zio Giovanni guarda là, verso ovest. Segue il percorso del sole. Ascolta Alfredo ma non riesce a incrociare i suoi occhi. Per sapere cosa è accaduto usa solo le orecchie, cercando di liberare gli occhi da un'incombenza dolorosa.

"Ti avevo promesso che l'avresti saputo per primo."

C'è silenzio. In lontananza si sentono le urla di quelli che stanno ancora divertendosi in piscina. C'è silenzio e una tristezza cupa ha avvolto zio e nipote.

"Le cose non sono mai quelle che sembrano."

Le parole escono con fatica dalla bocca di Giovanni Magnani e una volta uscite sembrano fermarsi nell'aria densa e immobile che lo avvolge. Alfredo gli mette una mano sulla spalla, ma non dice nulla. Se c'è un gomitolo da srotolare spetta allo zio, non a lui. Chi ha il fardello più grande sulle spalle ha più diritti di quelli che hanno un peso minore.

"E quando le cose sono proprio quello che sembrano non riusciamo a crederci. Forse sono stato più bravo con i motori che con i miei figli. Sono vecchio ma non rincoglionito. Avevo avuto sentore di qualcosa e gli avevo detto di stare attento. Mi aveva risposto con la sua solita allegra superficialità che lui risolveva i problemi ai mariti impossibilitati a mantenere i loro impegni coniugali. Cosa c'era da temere? Trovava sempre tutto facile e semplice. Era poi stato assunto alla Flaminia e la cosa mi aveva fatto molto piacere. Sembrava che volesse mettere la testa a posto. Siamo stati giovani tutti. Anche se ai miei tempi la giovinezza durava poco e si arrivava presto al matrimonio. Oggi giorno mi sembra il contrario."

Giovanni Magnani appoggia per un attimo le labbra al bicchiere di bianco frizzante che si trova sul tavolo.

"Si può fare qualcosa?"

"No. Hanno tolto di mezzo l'unico che poteva incastrarli."

"Questi uccidono, ricattano i commercianti, fanno saltare in aria le aziende che non pagano il pizzo, spacciano eroina e cocaina. E parlano di onore. L'onore della famiglia. Ma che razza di gente è? Che razza di onore hanno? L'onore è una parola vuota. Ci puoi mettere dentro qualsiasi significato. La sofferenza delle persone è un valore concreto. Quella ragazza, una donna di ventotto anni e non un minorenne, ha voluto fare un'esperienza senza che nessuno l'abbia costretta e non ne ha riportato nessuno danno. Ognuno si diverte come vuole. La sofferenza, la violenza, il dolore, questi sì che vanno vendicati, non una stupidaggine di quel tipo. Questi non sono uomini d'onore, sono uomini del disonore. Sono solo delinquenti. Gente che vuole nascondere la loro voglia di sopraffare, rubare e assassinare con belle parole."

Giovanni Magnani finisce il bianco frizzante e si volta verso il nipote. I suoi occhi in quelli di Alfredo.

"Per anni ho pensato che un italiano su dieci era una persona per bene e che avrebbe fatto ombra agli altri nove. Un politico per bene, un carabiniere per bene, un prete per bene, un giornalista per bene, un imprenditore per bene, un operaio ceramista per bene, un meccanico per bene. Non ho più illusioni: i nove di ogni categoria sono i vincenti. Chi ha potere ne vuole sempre di più. Chi è vescovo vuole diventare cardinale.

Chi è deputato vuole diventare ministro. Chi ha una fabbrica con cento operai ne vuole una con mille. Chi ha un patrimonio di un milione di euro ne vuole uno da cinque milioni. È da tanti anni che non voto. Partecipo solo alle elezioni comunali perché la gente che si presenta in lista la puoi conoscere direttamente e sai chi sono e cosa hanno fatto. Non sopporto quelli che hanno una verità assoluta e che vogliono imporla agli altri. Noi persone oneste abbiamo perduto. Non ci resta che la vendetta pura e semplice. Questi pezzi di merda si divertono a far scorrere il sangue degli altri? Bene. Incominciamo a far scorrere il loro."

È un epilogo che sorprende Alfredo e lo preoccupa.

"È gente pericolosa, zio. Hanno uomini e armi. È meglio non farsi venire strane idee."

"Non ho intenzione di impugnare un'arma, Alfredo. Non saprei nemmeno come si fa, le mie sono mani da meccanico. Sono solo un artigiano che si intende di motori. Questo so fare."

Non c'è solo amarezza e risentimento nella voce dello zio, c'è anche qualcosa di beffardo che Alfredo non riesce a capire.

Dopo aver accompagnato lo zio all'auto, Alfredo prende la Golf e si sposta in un altro quartiere di Viterbo. Ai Cappuccini. Davanti al numero 8 di via Monte Asolone c'è un posto libero, Alfredo parcheggia e guarda il cellulare. C'è scritto: *non ancora.*

Risale via Monte Asolone e prende a destra per via Veneto. Al numero civico 24 dà un'occhiata alla vecchia scala a chiocciola coperta e prosegue per via Antonio del Massaro, supera l'incrocio con via Lorenzo da Viterbo e si trova di fronte alle mura di recinzione dell'Istituto Paolo Savi. Le scritte con lo spray sono numerose. *Giulia ti amerò forever* è scritto in giallo senape. Mentre *Ti amo e ti amerò* è in rosso. *Basta scuola* è in nero.

Sempre lentamente scende fino al viale.

Lo fa perché il duello preliminare da vincere con Berlingozzi è quello dell'ansia.

Chi arriva per primo ed è costretto ad aspettare può sentire il bisogno di guardarsi intorno e cercare uno sguardo amico che lo tranquillizzi. Oppure può telefonare, chiedendo cosa fare. Un ritardo crea sempre inquietudine. E l'inquietudine fa compiere gesti sbagliati, in grado di rivelare se la persona è venuta veramente da sola all'appuntamento.

Arriva il messaggio: *adesso.*

Alfredo si volta e torna sul percorso già fatto. Berlingozzi dovrà cuocere a fuoco lento per una decina di minuti.

38

Quando Alfredo entra nel bar lo vede subito.

È in un angolo, un bicchiere di birra e il *Messaggero* sul tavolo. Tra le mani una pizza bianca farcita di mortadella. Mangia con tranquillità e non sembra attento alla porta d'ingresso.

"Salve, Magnani. Oggi non sono riuscito a pranzare e visto che lei era in ritardo ho approfittato."

"Ha fatto bene."

Alfredo si volta verso il barista e chiede una Coca-Cola con poco ghiaccio, poi si siede.

"Perché qui, tenente? Perché è in borghese?"

"Perché qui non mi conoscono e io non voglio qualificarmi per quello che sono. Quello che faccio in caserma viene riferito puntualmente ai miei superiori dal maresciallo Mascolo, che è una vera gola profonda. Ho l'impressione che io e lei si stia dalla stessa parte, o perlomeno si abbia interessi convergenti."

La dichiarazione del tenente fa diventare Alfredo ancora più guardingo e cauto. Sa che non è il momento di scoprire le carte e che, soprattutto, non è il suo compito.

"In che senso?"

"Lei punta a identificare gli assassini di suo cugino. Io punto a incastrare la 'ndrina Tataranni-De Giacomo e a smascherare chi li protegge dentro l'Arma dei carabinieri."

Il tenente è consapevole di aver gettato sul tavolo un carico pesante e che deve lasciare a Magnani qualche momento per rielaborare l'informazione.

Sa anche che un patto non scritto va costruito sulla fiducia, ma la fiducia va guadagnata. Allora prende un foglio dalla tasca della giacca di lino che aveva appoggiato alla spalliera di una sedia.

"Questa era tra le mail di suo cugino."

Caro Marco,

ti scrivo velocemente da un internet café. Mi è stato tolto il cellulare e posso usare il telefono di casa solo in presenza di mia zia. La mia famiglia, tanto disponibile in fatto di soldi, si è rivelata durissima da altri punti di vista.

Un cugino di mio padre che vive in Germania ha visto il film che abbiamo fatto a Budapest. Ha comprato tutti i video in circolazione e li ha distrutti. Ne ha conservata una copia per mio padre. Io mi sono presa molti schiaffi e l'accusa di essere una puttana. Mia madre ha cercato di difendermi, ma le ha prese anche lei. Sono stata accusata di aver rovinato l'onore della famiglia e di aver messo mio padre in condizione di debito nei confronti del cugino. Sono stata trasferita in Canada, nella fattoria dei miei parenti. Il messaggio, che ti ho mandato per sms, in cui ti parlavo di una vacanza studio l'ho scritto sotto dettatura di mio fratello. Ero piena di lividi e non ho potuto rifiutarmi. Mi sa tanto che ci vorranno anni prima che io possa tornare a vedere il lago di Vico. Non ho più tempo e mi viene da piangere. Stai molto attento. Ho visto uno sguardo d'intesa tra mio padre e mio fratello che non mi è piaciuto. Allontanati da Civita per un po' di tempo. Magari si dimenticano di te.

Si sono presi il bracciale etrusco che mi avevi regalato. Per fortuna non sanno niente degli spettacoli fatti a Roma.

Mi manca tanto la tua allegria.

Un bacio.

Caterina

Quando Alfredo alza la testa dopo aver letto, Berlingozzi ha finito di mangiare e sta sorseggiando la birra. Quando i loro sguardi si incontrano, il tenente continua a tessere la tela della fiducia. Ci vuole energia e volontà per passare da antagonisti ad alleati, ma la sincerità è il punto di appoggio indispensabile per scavalcare la diffidenza. È il denaro contante con cui Berlingozzi deve pagare Magnani. Pagamento anticipato.

"L'omicidio del ragazzo rumeno è tutto sulle mie spalle. Ne ho la piena responsabilità. Lo avevo infiltrato come cameriere al *Piccolo Lago*, ma ho ottenuto solo la sua morte."

"Perché lui?"

"I Tataranni-De Giacomo selezionano con molta attenzione i loro dipendenti e lui mi sembrava perfetto. Lo avevo conosciuto al ristorante *La Giaretta*, dove vado spesso. Un giorno mi ha chiesto cosa avrebbe dovuto fare per entrare nei Carabinieri. Aveva saputo che lo stipendio era buono e che c'era anche un premio di arruolamento. Ho parlato con i suoi genitori e ho favorito il suo inserimento, nell'illusione di avere un cavallo di Troia."

"Perché il cadavere del cameriere rumeno viene gettato nel Treia? Non era più comodo gettarlo nel lago di Vico?"

"Gettarlo nel lago avrebbe significato attirare l'attenzione sul luogo di lavoro, gettarlo qui sposta l'attenzione degli inquirenti a Civita. Nello stesso tempo era anche un messaggio per me. È inutile che provi a romperci le palle."

"È riuscito a capire cosa non ha funzionato?"

"Non ne ho la minima idea. E non posso indagare più di tanto. Il ragazzo rumeno mi ha fatto sapere che il lunedì, il martedì e il mercoledì non volevano personale intorno. Rimanevano soli due cuochi calabresi e il capocameriere, anch'esso calabrese. Un martedì, che si era presentato per ritirare una giacca che aveva finto di dimenticare, è stato cacciato molto bruscamente."

39

Ora che il tenente ha messo sul tavolo le sue carte, tocca ad Alfredo calare le sue per continuare il gioco del dirsi la verità per meritarsi la fiducia. Alfredo apre lo sportellino di uno dei due cellulari che ha messo sul tavolo e va ai messaggi ricevuti.

"Questo è di mio cugino Marco, è del 12 giugno. L'ho ricevuto pochi minuti dopo che ci eravamo lasciati a Bologna. Prego. Per leggere può fare scorrere il pulsante centrale."

Mi ha fatto molto piacere vederti e mangiare le crescentine insieme. Nel caso che mi succeda qualcosa di poco simpatico, sarei contento che tu indagassi partendo dalla mia ex relazione con una ragazza che si chiama Caterina Tataranni. La sua famiglia è la proprietaria del ristorante Il Piccolo Lago di Ronciglione. È una di quelle famiglie calabresi da prendere con le molle. Ricorda la vecchia regola, cuginone: chi mena per primo, mena tre volte.

Marco

Dopo che il tenente Berlingozzi gli restituisce il cellulare, Alfredo continua a parlare.

"Marchioni mi ha confessato di aver messo i calabresi sulle tracce di mio cugino. Lo ha fatto per un po' di cocaina e per farsi proteggere da un gruppo di malavitosi romani che sono intenzionati a monopolizzare il traffico di reperti etruschi dell'alto Lazio. È stato addirittura lui che ha proposto ai calabresi di mettersi nel business, garantendo che avrebbe portato con sé un bel gruppo di tombaroli e artisti dell'antico. Sarebbe stato sufficiente che i calabresi avessero garantito un'adeguata protezione dalle minacce del gruppo romano. Il vecchio Tataranni era perplesso mentre il figlio aveva accettato con entusiasmo."

"Suo cugino si era opposto?"

"Marco era un irrequieto. Preferiva essere indipendente e lavorare solo se ne aveva voglia e tempo. Senza vincoli. Ma non è stato ucciso per quello. La mail che lei mi ha fatto leggere ha fornito ulteriori elementi. A questo punto c'è molta chiarezza. Marco è stato ucciso perché aveva fatto sesso in maniera molto libera e trasgressiva con Caterina. Onore e gelosia sono le cause della sua morte. Marchioni era innamoratissimo della giovane Tataranni e, quando il fratello gli ha chiesto chi potesse aver realizzato un bracciale che lei aveva ricevuto, ha capito tutto. Lui aveva visto Marco lavorarci un giorno dopo l'altro, senza riuscire a farsi dire per quale delle sue amanti fosse."

"Sembra di stare in un film in bianco e nero degli anni Sessanta, Magnani. Si uccide per l'onore, la gelosia e le corna. Gli italiani non vogliono rinunciare al peggio di sé."

Alfredo ha già metabolizzato le considerazioni ed è più portato al fare concreto anziché cedere alle suggestioni. Per questo dà un'occhiata al display del secondo cellulare, quello con cui sta registrando la conversazione. C'è la foto di Asso, il maremmano. Tutto a posto. Se ci fosse la foto di Artù, il gatto, vorrebbe dire che ci sono difficoltà di audio.

"Perché vuole la mia collaborazione?"

"Inizialmente ho cercato di tenerla fuori, era un gioco troppo pericoloso. Poi ho capito che lei potrebbe essere un pericolo inaspettato per i Tataranni. È nel loro fianco scoperto e utilizza metodi che non si aspettano. Vorrei usarla, Magnani. Lei è la classica scheggia impazzita, imprevedibile ma benefica."

"Non potrebbe usare i mezzi e gli uomini dell'arma?"

"Lei è stato un carabiniere e sa come funziona. Ci sono carte da riempire, procedure da rispettare, superiori da avvertire. Non siamo sceriffi del Far West. Non possiamo muoverci in totale autonomia."

"E lei teme più le carte, le procedure o i superiori?"

"È una domanda che potrebbe mettermi in difficoltà."

"A questo punto, ha fatto trenta può fare trentuno."

"Mi permetta di eludere questo aspetto della vicenda."

"Va bene. A condizione che siano consentiti anche a me dei margini di elusività."

"D'accordo."

"Ho un'altra domanda. Non mi viene in italiano ma in civitonico."

"Ci provi, Magnani."

"Si' ssolo o c'ai quarcheduno che te para o gulo?"

"Se tutto va bene ci sarà qualcuno con cui dividere i meriti. Se va male, pagherò dazio perché si è trattata di un'iniziativa personale non autorizzata."

"Bello! Le vittorie si condividono, gli insuccessi no."

L'atto di fiducia fondato sulla verità e sull'elusione è praticamente siglato, non resta che passare ai progetti operativi.

Ma il tenente guarda l'orologio e si alza di scatto.

"Ho gente a cena e sono in grave ritardo. Quando ha ideato un piano mi mandi un sms e troviamo un posto in cui parlarne. Questo è il mio numero. La Coca-Cola la offro io."

Mentre il tenente paga, Alfredo supera la porta d'ingresso e si ferma a guardare tutti quelli che con il bicchiere in mano stazionano sul marciapiede antistante. Quando il tenente lo affianca, gli mette una mano sulla spalla e ammicca con la testa verso il lato opposto della strada.

"Vede quel tizio là, Magnani? Quello che sta seduto sul

muretto e legge il *Corriere dello Sport*."

"Quello vicino alla moto gialla?"

"Sì. Ho avuto l'impressione che da Canepina in poi mi abbia pedinato. Lei che ne pensa?"

"Le dispiace se quel tizio con la moto gialla la riaccompagna a Civita coprendole le spalle?"

Dopo che il tenente Berlingozzi e Massimo si sono allontanati, Alfredo rientra nel bar.

Stefano, che fino a pochi minuti prima stava a spendere soldi nel video poker, ascoltando musica da un Mp3, alza il pollice e si allontana dal locale senza rivolgergli la parola. Il messaggio è elementare: la registrazione è venuta bene.

Non resta che informare Di Nicola.

Né corruzione né intimidazione. Ha chiesto collaborazione. O recita da grande attore o sta dalla nostra parte. Lo abbiamo registrato. Non è un cretino, ha scoperto Massimo che lo pedinava. Con alcune telefonate in dialetto stiamo tenendo sotto pressione the biggest.

40

Il monte cattivo

Il mare di Napoli non mi è piaciuto. Ho visto dei ragazzini tirare dei sassi che cadevano nell'acqua e scomparivano, e io ho avuto paura che cadesse nel mare la mia pupa. Quando la nave è partita, il nonno che ci salutava con il cappello diventava sempre più lontano e più piccolo. E la mamma mi stringeva sempre più forte. Io stringevo Maria Rosa ed ero preoccupata per quel monte grande che chiamano Vesuvio. La mamma mi aveva detto che poteva diventare cattivo e lanciare contro le case e le persone i carboni infuocati. E sono stata contenta di allontanarmi e andare in Merica.

Cose incredibili di Merica

Ci hanno dato una cabina insieme ad altre quattro donne, ma non c'era nessuna bambina come me. Una di quelle donne era stata in Merica per quindici anni, era tornata perché suo padre stava molto malato e aveva voluto vederlo prima che morisse. Questa donna raccontava cose che non si potevano credere. Diceva che nelle case di Merica non c'era il pozzo e l'acqua giungeva direttamente nelle pentole. Che nessuna famiglia allevava galline e conigli e che nella famiglia dove lavorava lei come lavandaia una volta l'anno cucinavano un tacchino di dieci chili. Che nelle strade non c'erano i carri con i muli e le carrozze con i cavalli, ma tante automobili che facevano un rumore del diavolo e che per prendere il treno bisognava andare sottoterra.

Il mal di mare

Durante il viaggio molte persone ebbero il mal di mare. I marinai dicevano che l'Atlantico è spesso cattivo, mentre il mare italiano non lo è. Le persone erano bianche bianche e non potevano mangiare e tutti chiedevano aiuto al medico, che diceva di avere pazienza. Io e la mamma andavamo fuori a prendere l'aria, che è meglio che stare al chiuso. E non siamo state mai male perché mangiavamo tre o quattro fichi secchi la mattina a digiuno. Lo aveva consigliato un amico del nonno. Tenevamo i fazzoletti in testa stretti con un nodo perché il vento li voleva strappare via. Ci mettevamo sedute con le spalle appoggiate alla nave, così il vento ci passava sopra la testa e non poteva toglierci i fazzoletti. La mamma apriva una lettera del babbo e ripeteva le parole che doveva dire appena arrivata in Merica, prima di far vedere la lettera ai signori del porto.

Mai asban uocche iaa. Mai asban uocche iaa. Mai asban uocche iaa. Mai asban uocche iaa. Mai asban uocche iaa.

Quando siamo arrivati in Merica lo avevo imparato a memoria anch'io.

Gli zoccoli e le scarpe

Io avevo ai piedi zoccoli di legno e calzettoni di lana caldi caldi. Li aveva fatti con i ferri la mia nonna, perché in mare c'è molta umidità.

Sulla nave c'era un ragazzo grande che girava scalzo. Stava sempre solo e aveva le scarpe allacciate al collo, non ai piedi.

Quando gli ho chiesto di dove vieni, mi ha risposto: Marsica.

Come ti chiami: Angelino.

Non hai freddo a tenere le scarpe al collo e a girare scalzo?

E lui: Sono scarpe nuove, non voglio farmele rubare. Mia madre ha pagato queste scarpe con la fede d'oro di mio padre morto nel terremoto. Ha venduto la sua fede e l'asino per pagarmi il viaggio in Merica.

E io: Quando le metterai?

E lui: In Merica. Paese nuovo, scarpe nuove.

41

L'ufficiale dell'aeronautica militare che parla a *Inforadio* comunica agli ascoltatori che nel pomeriggio di martedì 2 luglio potrebbero esserci dei temporali locali nell'Italia centrale. Proprio dove Antonio Reale e Amin dell'agenzia A-Zeta si stanno recando. Tutti e due, un occhio al traffico automobilistico e un orecchio alla radio, hanno pensato alla stessa cosa: un acquazzone con relativa rinfrescata sarebbe gradito. È molto difficile pedinare qualcuno in autostrada senza farsi scoprire. È per questo che, nonostante la sua abituale circospezione, Antonio Reale viaggia tranquillamente in direzione di Attigliano con un furgone Ducato. Amin siede al suo fianco e non sembra assolutamente provato da tutto quello che hanno messo nel vano di carico. Amin è magro ma tosto e resistente ed è sempre un piacere avere a che fare con lui. La sua presenza ha permesso alla Ditta di muoversi in modalità meno convenzionali e quindi meno prevedibili. Amin è una sorta di jolly che riesce sempre a sparigliare le carte. Quanto ci vorrà ancora perché il ministro degli Interni capisca che per affrontare la nuova criminalità ci vogliono le competenze giuste e gli infiltrati giusti? Quelli che conoscono i codici linguistici e culturali dei gruppi malavitosi. Poliziotti marocchini, poliziotti albanesi e poliziotti russi invece di quei poliziotti italiani che fanno fatica a parlare anche l'italiano. Si risolverebbero un sacco di indagini. Solo dopo aver infiltrato agenti di origine italiana gli americani sono riusciti a colpire duramente le famiglie mafiose. Preso dalle sue valutazioni, guida con tranquillità lo zio Antonio e non sospetta che qualcuno lo sta seguendo con altrettanta tranquillità. Quel signore magro e distinto che si è presentato tre giorni prima in Ditta perché voleva fare qualche controllo nei confronti del fidanzato di sua figlia, è a quattro chilometri di distanza e sa esattamente dove si fermeranno a pranzo lo zio Antonio e Amin. Sa anche quello che hanno caricato nel furgone.

Proprio a ridosso del casello autostradale di Bomarzo c'è una vera e propria oasi al servizio dei professionisti del volante: camionisti e rappresentanti di commercio. Un distributore di benzina, ristoranti, bar con rivendita di sigarette e un albergo. Quando dal Roscio entrano lo zio Antonio, Amin, Alfredo, Stefano e Massimo nessuno ci fa caso più di tanto. Sono uno dei tanti gruppi di camionisti che si danno appuntamento lì per mangiare della buona carne alla brace.

I membri dell'agenzia A-Zeta, scelgono un tavolo in fondo al salone, lontano dalla televisione e dall'audio del telegiornale che sembra attirare l'attenzione della maggior parte dei clienti.

Dopo aver scelto le portate, il primo a parlare è Alfredo e si rivolge allo zio.

"Hai prenotato?"

"Sì. Venerdì, sabato e domenica. Tre notti."

"Bene. E come sta andando il tuo ex collega?"

"Molto bene. Mi ha chiesto se poteva far notare il suo accento cosentino e io gli ho risposto che doveva. The biggest si sta innervosendo. Gli telefoniamo tre volte a giorno. Ci sta costando caro perché usiamo ogni volta una scheda diversa. Ma sembra produrre buoni risultati. E tu?"

"Dopodomani mi vedo con l'impiegato per gli ultimi dettagli."

"Sempre lontano dall'azienda?"

"Sì."

"Continua a non piacermi questo gioco a nascondersi. Alla fin fine gli unici presenti sul campo aperto siamo noi. Non mi andrebbe che il cerino ci rimanesse in mano mentre i nostri interlocutori guardano dall'altra parte."

"Di Nicola merita la nostra fiducia."

"Sono d'accordo, ma non è Superman. Se vi trovate nei guai nei boschi intorno al lago di Vico lui non si toglie la camicia e in tre secondi arriva sul posto."

Nel confronto tra lo zio e il nipote, Massimo e Stefano stanno con Alfredo, ma non intervengono. Sono abbastanza svegli da sapere che quando lo zio fa la parte dell'avvocato del diavolo c'è solo da imparare. Non è il tipo che esita per paura, cerca soltanto di controllare il maggior numero di pedine in gioco. E lo fa perché vuole evitare rischi inutili ai suoi ragazzi.

Amin non si immischia perché si sente un operativo e l'aspetto decisionale non lo giudica di sua competenza.

Sono le costolette di agnello alla brace e la battuta di Amin a superare il momento di stallo.

"Con tutte le tagliatelle e i tortellini mangiati in questi anni non so mica se riuscirò a fare bene la parte del marocchino."

E Massimo: "È sufficiente che tu non dica soppa e pan bagnè come mia nonna!"

All'idea di Amin che usa gli intercalari del dialetto bolognese non si può che ridere di cuore.

Lo zio Antonio alza il bicchiere.

"Se Amin riesce a fare la difficile parte del marocchino, può darsi che a Di Nicola riesca quella molto più facile di Superman e che a noi tocca stare tranquilli."

Sarebbe così tranquillo Antonio Reale se scoprisse che sotto il distintivo di carabiniere in congedo che tiene all'occhiello della giacca c'è una microspia?

Abbiamo ricevuto il materiale. Ne collocheremo una parte nei prossimi giorni. Domani faremo un'ispezione in loco. The biggest è innervosito dalle telefonate. Dopodomani incontrerò l'impiegato per definire gli ultimi dettagli.

Questo è il messaggio di Alfredo che Di Nicola ha tra le mani mentre sta per premere il campanello al civico 6 di via Sant'Isaia. Ci sono due nomi in stampatello: *Garassini* e *Secondulfo*.

Autoinvitarsi a cena è stata un'ottima idea e la platealità di Secondulfo nel farlo sapere in giro si è rivelata fantastica. Il sovrintendente si è presentato sulla soglia del suo ufficio e con il corpo rivolto al corridoio ha urlato: "Allora siamo d'accordo. Stasera alle otto a casa mia. Le linguine alle canocchie di Gabriella la stupiranno."

Non solo chi si trovava negli uffici del secondo piano, ma ogni persona presente in questura e in tutta la piazza sottostante è stata informata che lui avrebbe cenato nel nuovo appartamento del sovrintendente.

Ora che Gabriella aspetta un bambino, la romantica mansarda sotto le due torri si è rivelata per quello che era sempre stata: piccola e disagevole.

Un appartamento più grande ma sempre in centro, più comodo e con il posto auto nel cortile. Cosa chiedere di più? Sono giovani e fanno bene a spendere quello che serve per stare bene. Dopo aver superato il cancello, Di Nicola si indirizza verso la seconda palazzina, cercando di tenere in equilibrio il vassoio dei gelati e il mazzo di fiori.

Alle dieci e mezzo, dopo una buonissima cena, tante celie, tanti complimenti per la cuoca e per il nuovo appartamento, gli auguri vivissimi per la gravidanza, un amabile Di Nicola si accomiata da Gabriella e viene accompagnato per le scale da

Secondulfo. Viene anche accompagnato nel vialetto che dalla palazzina porta al cancello da dove entrano le auto che parcheggiano nel cortile. Alle palazzine del numero 6 di via Sant'Isaia si può accedere con un mezzo di trasporto solo utilizzando il passo carraio di via Ca' Selvatica. In linea d'aria si tratta di circa duecento metri di distanza. In un centro storico medievale significa entrare in un altro mondo.

Attraverso il vicolo della Neve e via Senza nome, Di Nicola raggiunge in pochi minuti via Saragozza e l'abitazione del dottor Lisco.

42

Sono più le differenze o le affinità tra il lago di Vico e il lago di Bracciano?

Sono tutti e due vulcani, ma uno è nella catena dei monti Cimini e l'altro in quella dei monti Sabatini. Bracciano ha tre paesi sulle sue sponde, Vico ha solo qualche piccolo agglomerato turistico. Vico è più profondo, Bracciano è più grande. Vico è a cinquecento metri di altitudine e la sua acqua è più fresca, a Bracciano si alza il vento di pomeriggio, ma la temperatura dell'acqua rimane più calda.

A Vico c'è il ristorante e albergo dei Tataranni-De Giacomo, nel comune di Trevignano, sulle sponde del lago di Bracciano c'è il bar ristorante *La Vela*. Nel bar c'è un pontile in legno che si inoltra nelle acque per una quindicina di metri. In un afoso giovedì di luglio solo due tavoli del pontile sono occupati. Il primo da un'anziana coppia di inglesi, il secondo da Berlingozzi e Alfredo.

Il messaggio ricevuto da Di Nicola la notte è stato chiaro.

L'impiegato è a posto. Anche in azienda cercano di fare pulizia, ma lo sporco è al livello del soffitto e stanno molto attenti a non cadere dalla scala e a impedire che i calcinacci finiscano sul pavimento. Abbiamo corso il rischio di intralciarci. Credo che vogliano fare pulizia senza che il mondo sappia che l'abbiano fatta. Per salvare la faccia. Sono sempre i soliti. Botte piena e moglie ubriaca. Tu sei un rompicoglioni, presuntuoso e ottuso che sta al loro gioco. Poi si vedrà.

"È da sabato 22 che li teniamo d'occhio e abbiamo notato qualche anomalia."

"Ha parlato al plurale. Quindi non è solo qua?"

"Oltre al ragazzo con la Ducati gialla c'è anche qualcun altro. Ci siamo mossi dall'inizio in gruppo, anche se in pubblico appaio solo io. E solo io alloggio a Civita Castellana. Quelli che mi supportano sono sempre presenti ma praticamente invisibili."

"Che tipo di anomalia avete notato?"

"Hanno un ampio parcheggio per il pubblico, ma anche alcuni locali seminterrati adibiti a garage a cui si accede girando intorno all'albergo. C'è una sbarra di accesso che deve essere sollevata e il cartello *Privato*."

"Dov'è l'anomalia?"

"Perché il furgone con la scritta *Prodotti calabresi scelti per voi* parcheggia nel seminterrato e non davanti alla porta della cucina?"

"Gli piace scaricare in maniera scomoda, ma vogliono che nessuno li veda mentre faticano."

"È più complicato, tenente. Martedì 25 c'è stato il classico temporale estivo pomeridiano. Non due gocce ma uno scroscio di acqua che non ha salvato nessuno. Mentre il temporale stava finendo, è arrivato il furgone di prodotti calabresi per la consegna settimanale. Osservando con attenzione le foto al computer, si è notato che il furgone aveva una piccola scheggiatura nella cornice della targa e un'incrinatura nel fanale posteriore di destra. Il furgone è ripartito dopo un'ora circa, ma non aveva più l'incrinatura e la scheggiatura. La targa era sempre la stessa, ma il furgone era asciutto."

"Hanno cambiato furgone!"

"Direi proprio di sì. Il martedì successivo, l'altro ieri, è entrato in garage il furgone senza incrinatura e scheggiatura, ma è uscito quello con incrinatura e scheggiatura."

"Perché cambiano furgone?"

"Il fatto numero uno è che *Il Piccolo Lago* è chiuso per turno il lunedì, il martedì e il mercoledì. Tanto che si è fatto la nomina di albergo da weekend per coppie. In quei giorni non ci sono estranei in giro. Il fatto numero due è che ogni mercoledì, mattina e pomeriggio, con dei microfoni direzionali abbiamo registrato rumori di elettrosaldature nei garage seminterrati."

"L'anno scorso la Guardia di finanza aveva fermato uno di questi furgoni, l'aveva perquisito accuratamente senza trovare nulla di strano. Solo prodotti alimentari."

"Evidentemente quei furgoni hanno dei ripostigli e dei vani nascosti che solo smontando la carrozzeria e aprendo le strutture in metallo si riescono a scoprire."

"Per giustificare apparecchiature adatte a una manovra del genere devono trasportare molta roba."

"Roma è a due passi, tenente. Un mercato immenso per la cocaina. Si ricorda quei tossicodipendenti da eroina che giravano come zombi e le vene a pezzi circa venti anni fa? Ora sono stati sostituiti da distinti consumatori di sostanze tonificanti che si ritengono di essere semplicemente trendy. Non tossici ma trendy."

"Come esce la roba?"

"Attraverso i clienti del ristorante e dell'albergo. Una buona parte delle auto che abbiamo fotografato sabato 22 erano nel parcheggio anche sabato 29. Ci sono serate a tema sulla cucina calabrese che gli appassionati non vogliono perdere. C'è anche il furgoncino della lavanderia che ritira lenzuola, tovaglie e asciugamani. È un'azienda di Prima Porta, una frazione di Roma. Perché mandare a lavare la biancheria tanto lontano?"

Alfredo allunga sul tavolo un contenitore quadrato di plastica dura.

“Qui c’è un breve filmato che mostra l’ingresso del ristorante, la rampa di accesso al garage, la porta blindata dietro la quale viene smontato il furgone. Si sentono anche le voci. Si tratta di un’ispezione fatta ieri mattina.”

“Come avete fatto?”

“Ha presente quei venditori ambulanti marocchini e tunisini che vendono accendini, calzini e altri prodotti?”

“Certo, quelli che una volta si chiamavano ‘vu cumprà’.”

“Uno di questi si è infilato nell’albergo con la sua mercanzia per vendere qualcosa e si è inoltrato nella rampa di accesso al garage. Aveva una microcamera nascosta e ha potuto filmare finché non lo hanno cacciato in malo modo.”

“E dove lo avete pescato uno capace di fare questo lavoro?”

“A Bologna. È un marocchino che collabora stabilmente con noi.”

“Questo mi conferma che siete le persone adatte e con le risorse giuste per questa situazione.”

Alfredo ignora il complimento e riprende a parlare.

“Sicuramente cercheranno di giustificare le attrezzature nel garage dicendo che Gerardo Tataranni partecipa a varie competizioni automobilistiche e ha necessità di avere una vera e propria officina meccanica con un paio di persone capaci di intervenire sulla carrozzeria e sul motore. Non si capisce, però, perché lui porti la sua Porsche all’officina della concessionaria di Viterbo. Per questo devono assolutamente essere presi con le mani nel sacco.”

“Ovvero nel furgone.”

“La nostra sfortuna, tenente, è che Gerardo Tataranni è ancora in Canada.”

“Prendere il padre e gli altri con le mani nel sacco non è poco.”

“Non so se potrò accontentarmi. È lui che ha ucciso mio cugino Marco.”

“Dopo la morte di Marchioni non possiamo dimostrarlo.”

“E come si fa a cancellare dalla nostra vita quelli che sono bravi a cancellare le prove?”

43

L'ombrellone del bar *La Vela* protegge dai raggi del sole ma non dalla calura. Il tenente Berlingozzi si toglie la camicia di lino e rimane a torso nudo come Alfredo.

"Mia moglie suggerisce sempre che un po' di sole e di vitamina D sono necessari e che bisogna approfittare della mediterraneità senza aspettare agosto. Lei si avvale del terrazzo che abbiamo a Civita. Stando ovviamente attenta a non alimentare le dicerie di paese. Che come lei sa, Magnani, fanno male quanto una coltellata."

"Vede, tenente. Quando mio padre era a San Miniato, come maresciallo, diceva sempre a mia madre che se solo un decimo delle dicerie fossero state vere avrebbe dovuto mettere in carcere mezzo paese."

Berlingozzi dà ancora maggior respiro al dialogo confidenziale.

"Mio padre era molto riservato e non raccontava nulla. Tra il lavoro e la famiglia aveva messo una porta blindata. Quando ho ricevuto il mio primo incarico mi ha preso da parte per dirmi di diffidare di due cose. La prima erano le confidenze dei paesani. La seconda erano quei carabinieri che riempivano dossier su dossier solo ascoltando chiacchiere da bar."

"Il mio leggeva il commissario Maigret e lo considerava una sorta di manuale del perfetto carabiniere di paese."

"Anche mio padre!"

"Abbiamo un passato in comune, tenente. Forse non è un caso che siamo qui."

"Cosa simboleggiano quei tre pipistrelli che ha tatuati sulla spalla?"

"Era il tatuaggio di Marilena. Ho deciso di farmelo anch'io."

"Fu quando prendemmo i due che volevano assassinarvi?"

"Sì."

"Se avessi perduto mia moglie come lei ha perduto Marilena non so cosa avrei fatto."

Alfredo ha abbassato gli occhi e vede l'acqua muoversi attraverso le assi non perfettamente allineate del pontile. Dal lago di Bracciano al lago di Vico. Dal pontile al pedalò. Da una calura a un'altra calura. I neuroni di Alfredo galoppano e il ricordo di Marilena diventa pressante, incontenibile, doloroso e assoluto.

Lo sciabordio dell'acqua tra i piloni alimenta il silenzio che si è creato tra i due. Mentre Alfredo è stordito e distante, il tenente Berlingozzi si rende conto di aver aperto una ferita che il tempo non ha rimarginato. Voleva offrire comprensione ma ha provocato solo danni. Si sente a disagio e riprende a parlare nel tentativo di rimediare.

"Ci sono più affinità che differenze tra me e lei, Magnani. Non abbiamo ancora quarant'anni e ci comportiamo come sessantenni maturi e con tanta vita alle spalle. Non recitiamo una parte, siamo così. Né happy hour, né discoteche, né situazioni modaiole. Abbiamo poco in comune con i nostri coetanei. Tra sei mesi diventerò papà, ma ho l'impressione di essere pronto da sempre. Siamo di quelli che infilano la testa in progetti di grande rischio e di poco guadagno, inseguendo gli obiettivi da raggiungere con determinazione e senza superficialità. Per noi fare le cose bene è un valore morale. Mio padre era un maresciallo dei Carabinieri, proprio come il suo. Sarà solo questo che ci accomuna o ci sarà dell'altro?"

Quella di Berlingozzi è un'offerta di fraternità imprevista che confonde Alfredo. Si sente lusingato, ma non rilancia.

Preferisce tornare alle ragioni per cui sono lì.

"Si deve intervenire martedì notte, quando il furgone a pieno carico è nel garage seminterrato. Un attacco in piena regola di un gruppo intenzionato a rubare la cocaina, creerebbe le premesse di un intervento dei carabinieri di Ronciglione. Come sono i suoi rapporti con loro?"

"Buoni. Il tenente Anghinoni è un mio collega di corso. Non ama rischiare, ma se ci sono situazioni garantite che permettano di raccogliere meriti è molto pronto a sfruttarle. Potrei farmi invitare a cena e prepararlo all'eventualità."

"La sera stessa, però."

"Certo. Ho un problema preliminare da chiarire. Non posso accettare la possibilità che si commettano reati gravi per un finto attacco. Non posso permettere che ci siano dei feriti tra persone che non c'entrano nulla."

"Sono d'accordo."

"È un prerequisito imprescindibile. Ho bisogno di conoscere al dettaglio il vostro piano d'azione per verificare se questa esigenza è stata rispettata."

"Solo i dettagli essenziali. Senza i nomi dei partecipanti. Nel patto iniziale che avevamo fatto erano stati accettati dei margini di elusività."

Il tenente Berlingozzi si morde il labbro inferiore e rimugina qualcosa tra sé e sé. Non solo è un uomo di legge che sta aggirando la legge, e questo gli crea già dei problemi, ma sta mettendo la sua carriera nelle mani di Alfredo. Il brivido che sente sulla schiena non è solo frutto del vento che si sta alzando. Sapeva dall'inizio quali erano le regole del gioco e che, prima o poi, la carta dell'elusività sarebbe pesantemente caduta sul tavolo.

"Va bene, Magnani."

"Lunedì, martedì e mercoledì l'albergo e il ristorante sono chiusi al pubblico. Il personale sta a casa, rimangono solo alcuni dipendenti calabresi che dormono in albergo. Si tratta di gente di fiducia dei Tataranni. Gli stessi che si trasformano da cuochi e personale d'albergo in carrozzai secondo i giorni della settimana."

"Quanti saranno?"

"Cinque. Più tre guardie del parco che soggiornano stabilmente in albergo."

"Come pensate di intervenire?"

"Useremo fuochi d'artificio, fumogeni, bombe a salve e piccole cariche incendiarie comandate a distanza. Si tratta di congegni di piccolissime dimensioni collocati tra le tende delle finestre dell'albergo, dentro i materassi e in altri punti facilmente infiammabili. Ci saranno un rumore spaventoso e molteplici principi di incendio nel settore camere. È più probabile che siano loro a sparare alla cieca verso il bosco. Potrete prenderli con le armi in mano."

"Siete sicuri che ci sarà una reazione così scomposta e impulsiva?"

"Li stiamo tenendo sotto pressione da alcuni giorni. Il vecchio Tataranni sta ricevendo delle strane telefonate in dialetto calabrese. Una voce che non si qualifica gli ripete: ricordati, gli impegni devono essere rispettati."

"Qual è il senso?"

"Questa è gente che abitualmente collude e collide. Passano momenti di pace e momenti di guerra. Si baciano e abbracciano come fratelli, salvo accoltellarsi pochi mesi dopo. Non c'è nessuno con la coscienza a posto. Stiamo creando le premesse perché ipotizzino l'esistenza di un gruppo rivale e ostile. L'altra notte abbiamo tagliato le gomme a tutte le auto presenti nel loro parcheggio all'aperto. Non hanno fatto nessuna denuncia. La loro cattiva coscienza li tiene così allertati che al primo colpo di mortaretto risponderanno con qualche bazooka."

44

Sono proprio stati giorni bellissimi. Indimenticabili. Sono soltanto stati troppo pochi. Certo, se li si considera un antipasto per quello che potrebbe essere il prossimo futuro, va bene così. È stato tutto così emozionante. E più di tutti quello per cui non era sicura di sentirsi pronta. Il sesso. Non se lo aspettava che a una certa età il sesso potesse essere così appagante. Adesso che sta tornando a Bologna le viene voglia di riepilogare tutto, per impedire che la memoria dimentichi qualcosa. Abbassa lo schienale del sedile e allunga la mano verso il braccio di Antonio.

"Ti dispiace se faccio un riposino? La macchina mi fa venire sonno."

"Non c'è problema. Spengo la radio."

Venerdì, dopo il pranzo con agnello alla brace e patate al forno al ristorante che si trova all'uscita dell'autostrada di Attigliano, c'è stata la visita al Parco dei mostri di Bomarzo. Una cosa incredibile. *Voi che pel mondo gite errando vaghi*... Ricordare tutti i versi non è facile, meno male che sono scritti nella guida che ha acquistato.

Certo che quell'Orsini era proprio un bel tipino! Si era ricreato un mondo tutto suo, che gli serviva anche per prendere in giro il mondo reale. La casa costruita storta e la maschera dell'inferno che ha dentro una sala da pranzo con tavola in pietra sono state le più belle. Molti significati delle opere del parco sono difficili, oggigiorno, da capire, ma a quei tempi erano semplici: nessuna cosa è quello che appare. Speriamo che non sia così tra lei e Antonio.

Dopo Bomarzo c'è stato l'attraversamento dei monti Cimini. Una strada attraverso boschi di castagni che sembravano non finire mai. Gli alberi erano talmente fitti che il sole non riusciva a entrare e il lago di Vico è apparso all'improvviso, come un miraggio. Un lago così piccolo, praticamente il cratere di un vulcano riempito d'acqua, non l'aveva mai visto.

Poi c'è stato il ristorante sulla spiaggia, con annesso albergo. Una cosa proprio romantica. E i cuochi calabresi sono stati veramente straordinari. Ha fatto tre cene indimenticabili. Le linguine con lo stocco, le polpette di melanzane, i peperoni in agrodolce con uva passa, la coscia di agnello cotta nella creta, i cavatelli in salsa di noci, i mostaccioli al miele, le frittelle di zucca, i fichi infornati. Tanti piatti, uno più buono dell'altro. Ha paura che tanta bontà finirà per influenzare la bilancia. Sabato mattina c'era stata una passeggiata nel centro medievale di Ronciglione. Il Borgo di Sopra, il Borgo di Sotto e la via Francigena che era percorsa dai pellegrini che andavano a Roma.

Nel primo pomeriggio aveva preso anche un po' di sole e si era goduta il lago. Ma non se l'era sentita di fare un giro sul pedalò ed eventualmente un bagno. L'acqua era freschina e nel lago bisogna essere dei veri nuotatori. La domenica mattina Palazzo Farnese a Caprarola. A lei i musei non sono mai piaciuti più di tanto. Ma quel palazzo è meraviglioso. Si tratta di vedere dove e come vivevano i papi e i cardinali tantissimi anni fa. Una vita da re. Si rimane stupiti da tanta grandezza. È stato come essere in un film.

L'idea di tornare il lunedì mattina a Bologna si è rivelata giusta perché gli ha evitato l'affollato rientro della domenica in autostrada e ha anche permesso una notte in più al *Piccolo*

Lago. Aprire la finestra al mattino sul lago è stata una cosa che ricorderà per sempre. Una di quelle visioni che ti riempiono gli occhi. Il sole che illumina i boschi che circondano le acque. Il verde abbagliante degli alberi che riceve la luce e il blu un po' spento e ancora addormentato del lago. Una vacanza così romantica non se l'aspettava da uno come lui. Sempre preso dal suo lavoro nell'agenzia A-Zeta, tanto da portarsi qualcosa dietro anche in questa occasione. Cosa ci sarà stato in quella pesante valigetta di metallo?

Perché l'ha sempre tenuta nella valigia grande di pelle?

Si è comportato come se non volesse farla vedere da nessuno. Perché, un'ora fa, mentre erano nell'autogrill vicino a Orvieto ha ceduto la valigetta di metallo a un tipo con una Ducati gialla? Le ha detto che si trattava di uno dei ragazzi che lavora con lui e che, però, doveva assolutamente dimenticarsi di aver visto quello che era accaduto. Le aveva preso una mano e l'aveva baciata, dicendole che nella vita privata sarebbe stato trasparente e sincero come un bambino, ma in quella lavorativa non avrebbe mai potuto.

La signora Irene, una vedova cinquantenne di bella presenza e di forme arrotondate che gestisce un bar a Bologna, nei pressi di via Indipendenza, insieme ai figli e alle nuore, è entusiasta del lungo fine settimana trascorso con Antonio Reale dell'agenzia A-Zeta. Le aveva detto in anticipo che si sarebbe portato dietro un po' lavoro da fare e, mentre lei avrebbe preso il sole di pomeriggio nella spiaggetta dell'albergo, lui avrebbe passato qualche ora in camera con il computer. E così era stato. Si è resa conto che per quello che riguarda il lavoro è riservatissimo e che è meglio evitare di farsi venire delle curiosità che finirebbero per diventare domande inopportune. Poi si sa come sono fatti certi ex carabinieri. Si sentono sempre in servizio. Certo, la proposta di andare a vivere insieme l'ha un po' turbata e si è presa tempo per rifletterci.

45

Quando Di Nicola guarda il cellulare, dopo il caffè al bar di via Battibecco, il messaggio di Alfredo è già lì.

Stasera scende in campo la mia squadra. Abbiamo intenzione di vincere. Contiamo molto sul sostegno dei nostri tifosi.

Di Nicola si sofferma, prima di avvertire il dottor Lisco, sulla foto che si trova sul display e ha un momento di riflessione prima di andare in rubrica.

Vede uno sterminato campo di girasoli e legge: *Martedì 9 luglio, ore 9.45.*

Sarà una data da ricordare in positivo o in negativo?

Ogni giocatore di scacchi segue la sua strategia con determinazione, ma al momento di dare scacco la testa si gonfia di ipotesi e di variabili e la mano esita prima di stringere il pezzo da spostare. Il giallo dei girasoli è proprio abbagliante. Chiama il magistrato.

Al campo di rugby di Civita Castellana, nel piccolo ufficio adiacente alla Club House ci sono molte coppe e targhe alle pareti di tufo. Nella calura pomeridiana di martedì 9 luglio ci sono anche alcune persone disposte a semicerchio intorno alla scrivania di Anzellini. È un incontro riservato.

Anzellini guarda Riganelli, poi Profili, poi Santini, poi Conti, poi Ricci, poi Marchetti, poi Del Priore, poi Fantera, poi

Tomei, poi Carabelli. C'è concentrazione e nessuno di loro abbassa lo sguardo. Al momento del contatto individuale Anzellini era stato semplice e chiaro, come sempre.

"C'è la possibilità d'incastrare gli assassini di Marco. C'è anche il rischio di farsi seriamente male. Ci stai?"

Ora che l'operazione sta per partire, si devono fornire i dettagli.

"La regola è semplice. Siete a totale disposizione della persona che vi guiderà. Non dovete informarvi di cosa sta accadendo, né prendere iniziative. La vostra è un'attività di supporto. Caricate e scaricate i materiali e vigilate in modo che l'azione possa andare a buon fine. Sarete divisi in piccolissimi gruppi che opereranno in zone diverse, anche se vicine. Dimenticate i vostri nomi. Una volta in gioco vi chiamerete con i vostri numeri di maglia. La persona che guida ogni gruppo sarà tredici. Il numero di Marco."

È Profili ad alzare la mano.

"Questa mattina ho accompagnato mio padre dai carabinieri, a denunciare il furto della vecchia Panda."

"Bene. Questa è una busta con millecinquecento euro."

"Non è necessario."

"Portali a tuo padre e non preoccuparti. Domande?"

"Se i guardaparco sono armati?"

"In un modo o nell'altro vanno neutralizzati e messi in condizione di non nuocere. Legati e imbavagliati. Attenzione ai calabresi. Sono i più pericolosi."

"Se qualcuno di noi si fa male?"

"Per le piccole cose siamo attrezzati con un pronto soccorso di primo livello. Io e Mario, il nostro massaggiatore e infermiere, potremmo essere sul posto in pochi minuti. Per quelle più serie c'è l'Ospedale Belcolle. Si valuterà al momento."

"È vero che dobbiamo lasciare i cellulari a casa?"

"Sì. Utilizzerete solo i telefoni che sono sul tavolo. A fine azione vanno riconsegnati. Ci sono quattro numeri a selezione rapida già impostati. I numeri 1, 2 e 3 sono i numeri di ogni capogruppo, il numero 4 è il mio.

"Se ci ferma qualcuno?"

"Siete un gruppo di giocatori dell'Amatori Rugby Civita Castellana che si sta recando in discoteca. Non ce n'è una grandissima da quelle parti? Ufficialmente voi andate là. La cosa più importante deve avvenire a fatto compiuto. Noi conserveremo l'orgoglio per ciò che è accaduto ma non la memoria. Non potrete mai confidare a qualcuno che avete partecipato all'azione. Un segreto è tale solo se non viene divulgato."

46

Gli ultimi trecento metri Stefano li ha fatti a passo d'uomo e a fari spenti. La luna di luglio è stata sufficiente per il breve percorso. Subito dietro la curva, a destra, c'è il viale di accesso al *Piccolo Lago*.

Con lui, nella Panda del padre di Profili, ci sono due persone, altri due giocatori di rugby sono rimasti a presidiare la zona di loro competenza.

I tre scendono dall'auto e iniziano a spingerla nella maniera più silenziosa possibile. Il materiale caricato ha un discreto peso, ma la distanza è breve e i muscoli tonici. Non appena giunti al viale di accesso, Stefano entra nell'abitacolo e fissa il volante, esce velocemente e insieme agli altri inizia a spingere con maggiore forza la Panda. Mentre l'auto viene agevolata dal fondo asfaltato da poco e dalla lieve discesa, arrivano le prime bombe tonanti lanciate da Alfredo. Un rumore assordante. Si accendono le luci di alcune finestre al secondo piano. Stefano e gli altri due, dopo aver lanciato la Panda, corrono per raggiungere la curva. Appena arrivati gli giunge alle orecchie lo schianto della Panda su alcune auto parcheggiate. Si sentono grida allarmate. Stefano prende dalla cintura un piccolo telecomando e preme un paio di pulsanti. Dopo pochi secondi la Panda esplode. Stefano e gli altri due accendono le lampade tascabili e si inerpicano verso un sentiero che sale nel bosco. Qualcuno dalla spiaggetta dell'albergo ha iniziato a sparare con un mitra, non si capisce verso quale direzione.

Anzellini, che sta insieme al massaggiatore Mario, nel parcheggio di un ristorante a Punta del Lago prende il cellulare che gli ha dato Alfredo e telefona ai carabinieri di Ronciglione.

"Aiuto! Siamo all'albergo, ci stanno sparando addosso. Aiuto!"

Alcuni clienti del ristorante escono fuori per guardare cosa sta succedendo e anche loro mettono mano ai cellulari. Mentre i calabresi sono impegnati a spegnere l'incendio della Panda, cercando di impedire che si sviluppi e coinvolga le altre vetture parcheggiate, Massimo e gli altri entrano in azione. Si trovano a una trentina di metri dall'albergo, dove il sottobosco è più fitto e garantisce un'ottima protezione. Quando Massimo dà il via i giocatori dell'Amatori Rugby si alzano in piedi, prendono una piccola rincorsa e lanciano i fumogeni sulla spiaggetta che separa l'albergo dal lago. Aiutato da una leggera brezza, un denso fumo nero inizia ad avvolgere la spiaggia e si dirige verso l'ingresso del ristorante. Massimo e i rugbisti si ritirano praticamente carponi, mentre qualcuno spara dei colpi di pistola nella loro direzione. Alfredo fa partire una nuova scarica di bombe tonanti. Stefano guarda l'orologio e apre una pesante valigetta di metallo gelosamente custodita da Profili. Dentro, protetto da un involucro di polistirolo e gomma morbida, c'è il computer che comanda l'accensione delle micro cariche incendiarie collocate nelle camere dallo zio Antonio.

Sono sufficienti una quarantina di secondi e Profili e gli altri possono vedere i primi bagliori apparire alle finestre del secondo piano. Stefano digita il numero di Alfredo.

"Io vedo quello che tu da là non puoi vedere. Tutto a posto. Noi ci ritiriamo."

"Bene. Preparo l'ultima scarica."

Alfredo, nella piccola radura a est dell'albergo, si volta verso Riganelli.

"Con quella brutta storta che ti sei preso alla caviglia è

meglio che tu inizi a rientrare. Tanto i mortai da lancio li lasciamo qua. Quando arrivi alla sorgente chiama Anzellini, così ti viene a recuperare. Io faccio in tempo a raggiungerti."

"Va bene."

E cercando di trattenere le smorfie di dolore, Riganelli si allontana appoggiandosi al ramo di un albero.

47

È con soddisfazione che Alfredo sente gli scoppi dell'ultima serie di bombe tonanti. Mentre dà un'occhiata alla luna, non può che tornare al vecchio insegnamento di suo nonno: gobba a levante, luna calante; gobba a ponente, luna crescente. Ma soddisfazione, scoppi e luna insieme gli impediscono di sentire il rumore degli scarponi dei due guardaparco calabresi che sono alle sue spalle.

Dopo averlo colpito più volte con la mazza da baseball, l'uomo si avvicina ad Alfredo ed estrae il coltello con fare deciso.

"Chi siete? Bastardi, quanti siete? Parla! Volete prendere il furgone?"

È l'altro uomo a intervenire in maniera concitata e a manifestare la sua preoccupazione.

"Stanno attaccando anche da altre parti. Corriamo all'albergo. Guarda! C'è un incendio al secondo piano.
Andiamo! Andiamo!"

"Va bene. Prima sistemo questo infame."

Il buio del bosco e le botte ricevute non aiutano Alfredo a comprendere l'esatta dinamica degli eventi. Una rossa traccia di sangue compare per un attimo sul viso dell'uomo con il coltello, poco prima che crolli a terra.

Gli altri spari arrivano velocemente, impedendo alla seconda guardia di intuirne la provenienza. L'uomo con la tuta nera e il volto macchiato di scuro esce dal buio con cautela. È di corporatura snella, quasi magro. Dà un paio di calci ai cadaveri a terra, poi estrae qualcosa dallo zaino che porta sulle spalle e si avvicina ad Alfredo. Alfredo si rende conto che è accaduto qualcosa. Sente una mano sulla spalla e una voce calma.

"Tranquillo, Alfredo. Tranquillo. Non c'è più pericolo. È finito tutto. Vieni, andiamo via."

L'uomo con la tuta nera lo aiuta a rialzarsi e lo sostiene.

"Ti hanno ridotto proprio male, Alfredo. Bevi un po' d'acqua."

Alfredo bisbiglia appena.

"Riganelli... Riganelli..."

L'uomo con la tuta nera e il volto macchiato di scuro dà uno sguardo di sollievo alla luna. È riuscito ad arrivare in tempo.

48

È un giovedì pomeriggio afoso come non mai, e Di Nicola ha il vestito di lino stazzonato quando esce dall'auto blu che lo ha portato da Roma a Viterbo. Insieme al dottor Lisco ha trascorso l'intero mercoledì presso la Procura Distrettuale Antimafia di Roma. Mentre il magistrato è rimasto a Roma, lui ha chiesto di essere accompagnato all'ospedale dove è ricoverato Alfredo.

L'ospedale Belcolle è una gigantesca lettera esse capovolta che sovrasta un intero colle. L'ingresso all'ascensore è ostacolato da una signora che porta due giganteschi vassoi di paste per festeggiare la dimissione del marito. La signora si sente in dovere di spiegare a Di Nicola come sono stati bravi le infermiere del reparto del marito, ma per fortuna del poliziotto deve scendere al secondo piano.

Arrivati al sesto piano, c'è un carabiniere davanti alla camera numero 5 della chirurgia d'urgenza. Di Nicola deve fornire le sue generalità, che vengono diligentemente riportate su un registro.

All'interno ci sono quattro letti ma due soli pazienti: Riganelli e Alfredo. Vicino al primo c'è una signora bionda che gli tiene la mano e ha l'aria molto preoccupata. Alfredo è assopito e a fianco al letto c'è Massimo che legge un giornale sportivo. Dopo aver salutato il poliziotto con un cenno della testa, Massimo ripiega il giornale, si alza, si avvicina al letto, si piega e sussurra all'orecchio di Alfredo: "È arrivato."

Indica la sedia al poliziotto ed esce dalla camera.

"Mi sembri conciato male, ragazzo."

Alfredo fa un leggero movimento con la mano sul cui dorso è applicata una flebo e risponde con un filo di voce.

"Martedì notte stavo peggio. Ora riesco a respirare anche senza ossigeno. Il medico ha detto di richiederlo se mi sento affaticato. A me sembra di farcela anche senza."

È imbarazzato Di Nicola nel vedere Alfredo così malridotto. Quando si organizzano le cose si mettono in conto i rischi, ma sono sempre inconvenienti astratti mai concreti. Quando la realtà acquista la sua concretezza, il dispiacere per il dolore altrui si unisce ai sensi di colpa. È così che si sente il poliziotto. Imbarazzato, dispiaciuto e in colpa.

"Se posso fare qualcosa… non farti scrupoli."

"Sto come un papa. La notte c'è lo zio Antonio. Di giorno Massimo e Stefano. Uno mi soffia il naso. Un altro mi allunga il pappagallo. Uno mi mette una cannuccia in bocca per bere un po' di tè freddo. Mi viziano."

La moglie di Riganelli si alza, prende la borsa e visto che il marito dorme si rivolge a Di Nicola e ad Alfredo.

"Vado a mangiare un panino al bar, poi torno."

Di Nicola guarda la signora bionda uscire, poi ammicca verso Riganelli.

"Come sta?"

"Ha un trauma cranico. Ma è un capoccione tosto, ce la farà."

La voce di Alfredo è esile, Di Nicola deve piegarsi verso di lui.

"Io e lui abbiamo fatto a pugni da ragazzi, un carnevale di tanti anni fa. Per una biondina di cui non ricordo il nome. Noi ci siamo picchiati per lei dandocele di santa ragione. Poi lei ha regalato la sua verginità a uno di Terni che aveva visto in discoteca per la prima volta. Anche allora finimmo al Pronto soccorso. Sarà destino.”

“Non dovresti parlare molto.”

“Lo so.”

Di Nicola sposta l’asta porta flebo e si avvicina ancora di più al letto.

“L’operazione è stata un grande successo. È rimasto fuori solo il giovane Tataranni che si trova in Canada. C’è però qualcosa che non quadra. Ma non ci sarà nessun tentativo di approfondimento. Anche se, in tutta sincerità, qualcosa te la devo chiedere.”

“Mi dica.”

“Tu sei stato portato insieme a Riganelli al Pronto soccorso da un maresciallo dei Carabinieri, che poi è scomparso. Chi era? Nessuno è riuscito a sapere chi fosse. Gli infermieri del Pronto soccorso ricordano la sua faccia, la sua perentorietà a fronte di una loro esitazione, la sua divisa con i gradi da maresciallo. Dopo che siete stati collocati sulle lettighe e presi in cura dai medici, è scomparso. Ci sono due guardaparco morti nella piccola radura dove avevi posizionato i mortai da lancio. Uno con il coltello in mano e l’altro con una mazza da baseball dove ci sono tracce del tuo sangue. E tutto coincide con le tue descrizioni. Uccisi con la stessa arma. Un fucile di grande precisione abilitato per il tiro notturno. Chi lo maneggiava? Chi ti ha salvato la pelle? Uno spirito benefico del bosco che ha deciso d’intervenire contro i cattivi? Un angelo custode? Berlingozzi ha l’impressione che tu voglia proteggere qualcuno. E mi ha detto che avevi assicurato l’assenza di reati gravi. Ho dovuto garantire per te.”

“L’ho visto stamattina, poco prima di mezzogiorno. Si è tranquillizzato. Ha visto come ci hanno ridotti, a me e a Riganelli, e ha capito che i due uccisi non erano due angioletti.”

C’è tranquillità nelle parole di Alfredo. Tranquillità e fatica.

“Chiunque sia stato quel maresciallo dei Carabinieri merita di essere ringraziato, perché mi ha salvato la pelle. Ma non saprei assolutamente a chi rivolgermi.”

“Vorrei capire questa vicenda non come poliziotto, ma come persona curiosa. È certo che tuo zio e Amin non si sono mossi da Bologna. Massimo e Stefano erano presi in altre faccende. Allora chi è stato? Chi teneva in mano quel fucile non era una persona qualsiasi. Chi spara alla testa e non al corpo è molto sicuro di sé stesso. Tira a un bersaglio di pochi centimetri anziché al bersaglio grosso.”

“È bello che qualcuno mi salvi la pelle, ma non mi piace che lo faccia a mia insaputa. Vuol dire che mi è sfuggito qualcosa d’importante e che non sono stato capace di tenere tutto sotto controllo.”

Di Nicola ha capito che c’è un bel rospo da mandare giù e non sa se Alfredo sia in grado di farlo.

Alfredo apre gli occhi.

“Dica quello che deve dire. Non stia lì a mordersi le labbra. Non mi ridurrà peggio di come sto.”

“Non vorrei che qualcuno abbia deciso di eliminare i Tataranni-De Giacomo e ci abbia usati. E noi ci siamo cascati. Come polli.”

“Lisco e il suo amico di Roma che pensano?”

“Chi ti ha salvato la pelle era un tiratore scelto. Uno che spara alla testa per evitare i giubbotti antiproiettile. Quindi un militare o un paramilitare. Quindi i servizi.”

“Affanculo.”

49

Innaffia l'ugola!
Trinca e tracanna!
Prima che svampino
Canto e bicchier.

Francesca è seduta sul divano, sta ascoltando l'*Otello* e tiene il telecomando dell'hi-fi tra le mani. Non si alza, rimane seduta. L'atteggiamento è chiaramente ostile.

"Ti sei ricordato che esisto anch'io. Come mai questa visita?"

"Devo parlarti."

Alfredo si siede per terra, a gambe incrociate, davanti a Francesca. Prende i piedi di lei e se li mette sulle spalle, tiene le mani sulle ginocchia della ragazza. Lo fa con cautela. Sente ancora sulle sue costole gli effetti degli scarponi dei guardaparco calabresi.

"Sono disposto ad accettare le tue condizioni e a sposarti, ma da qui a dicembre ho i martedì sera impegnati."

"Vai a karate o a calcetto?"

"No, ho un impegno condominiale."

"Di che tipo?"

"Al pianterreno c'è un nonnino che vive sulla sedia a rotelle, è rimasto solo. Il Comune gli porta il pranzo e i servizi sociali gli tengono pulito l'appartamento. Noi del condominio pensiamo alla cena e al dopocena."

“Spiegati meglio.”

“C’è chi vede la tivù con lui, chi lo porta al cinema, chi ci fa un giro in macchina. Io ci gioco a carte.”

“Perché le carte?”

“Non ha trovato altra disponibilità e si è accontentato delle mie capacità. Giannino è un appassionato di scala quaranta, puntiamo un euro a partita. Gli piace fare la parte del burbero ghignoso. Quando perde fa esclamazioni del tipo: *tal deg me, Alfredo. Tu hai più culo che anima!* Le prime volte mi creava delle difficoltà con il vino. È un estimatore di un pignoletto frizzante prodotto da un suo cugino di Zola Predosa, ci teneva che gli facessi compagnia. Sono quei vini un po’ selvatici, che per la gente di una certa età hanno il sapore del vino genuino di una volta. Ha poi capito che non sono timido, non mi piaceva proprio. Pensa che da giovane cantava ai matrimoni e recitava delle zirudelle.”

“Le strofe in dialetto bolognese. Anche mia nonna lo faceva.”

“È uno che mi racconta un sacco di cose. Nel dopoguerra molti matrimoni si festeggiavano nell’aia. Gli orchestrali erano tre: Carlone, con la fisarmonica, Vladimiro con la cornetta, e Giannino che cantava. Si spostavano con un vecchio sidecar dell’esercito tedesco, ridipinto a mano in rossoblù. Arrivavano praticamente all’alba per esercitare il loro vero lavoro: erano barbieri, con competenza utili anche per i capelli delle signore. Giannino, che aveva la mano più leggera, si dedicava alle donne. Gli altri mettevano gli uomini in fila e, con rasoio, forbici e macchinetta, li facevano sembrare un po’ meno contadini. Di soldi ne vedevano pochi, però ritornavano a Borgo Panigale con un paio di polli, una decina di salami, un pezzo di grana. C’erano poi le ragazze. A sentir Giannino, grazie alla sua bella voce concludeva, molto spesso, la festa nel fienile con una bella fanciulla”

"Perché lo fai?"
"Perché non dovrei farlo?"

Nessun più raffrena quel nembo pugnace!
Si gridi l'allarme! Satana gli invade!

Alfredo sapeva che non sarebbe stata una passeggiata e che avrebbe subito un esame. Aveva previsto un esame duro, ma non se lo spettava così aspro. Il tono di voce di Francesca è tagliente.

"La storia di Giannino è carina, ma è completamente inutile in questo momento. Non stai qui per conquistarti una ragazzina e concederti una bella serata, Alfredo. Adesso io mi sdraio sul divano e mi sfilo le mutande, tu di tuo ci metti un paio di colpi di reni ed è tutto finito. Ognuno a casa sua e tutti felici e contenti. Qui si tratta di progettare il percorso di una vita e non sono sicura che ti sia chiaro."

"A Civita Castellana ho incontrato una mia ex di tanti anni fa, si chiama Cristina. È separata e ha un bambino. Ha dato un giudizio spietato su di me. Ha detto che non sono in grado di essere l'uomo della vita, ma posso solo essere un uomo del sabato sera. Mi ha ferito, ma mi ha aiutato a capire qualcosa. Aiutami anche tu a fare chiarezza."

"Ho sempre avuto l'impressione che esistano due categorie di maschi. I primi sono quelli che non ti lasceranno mai sola, e sono pochi. I secondi sono quelli che contano su di te per non rimanere soli, e sono moltissimi. Tu, Alfredo, appartieni a una terza categoria, e non sono in grado di dire se tu ne sia l'unico rappresentante. Tu sei di quelli che conta solo su sé stesso. Se hai qualcuna bene, ma se non ne hai va bene ugualmente. Non sei travolto dalla generosità del dare e nemmeno dall'egoismo di prendere. Vai per la tua strada. Orgoglioso della tua indipendenza. Come se l'assenza di una relazione sia un valore imprescindibile della tua vita."

Ed io t'amavo per le tue sventure
E tu m'amavi per la mia pietà.

Per Alfredo è quasi un fastidio il duetto d'amore tra Otello e Desdemona.

Alfredo è in silenzio. Ha la testa bassa e carezza meccanicamente le ginocchia di Francesca.

"Tu, Alfredo, non ti aspetti nulla e nulla vuoi che ci si aspetti da te. Dimmi la verità: sei cinico per natura o sei cinico per difenderti dal rischio della sconfitta?"

Non ci sono più parole tra i due ma solo pensieri, e ognuno se li tiene per sé. Ognuno è prigioniero dei propri pensieri. Francesca ha spento il cd con il telecomando e aspetta. Ha detto tutto quello che c'era di dire e ora non le resta che aspettare che accada qualcosa. Ma non sa che qualcosa è già accaduto. Ma non sa che Alfredo sta solo aspettando le parole giuste.

"Allora, accetti di sposarmi o no?"

"È tutto qui quello che mi dovevi dire, Alfredo?"

"Sì. È tutto qui, ma non è poco."

Francesca allunga le braccia per raggiungere la testa di Alfredo. Gli mette la mano sui capelli e sul viso, sente le lacrime sulle guance.

"Alfredo, perché piangi?"

"Non lo so."

"Perché mi vuoi sposare?"

"Perché quando penso a te mi viene voglia di piangere e non di spaccare il mondo."

50

La nebbia di Merica

Quando siamo arrivati in Merica tutte le persone erano in piedi per vedere, ma non si vedeva nulla perché c'era tantissima nebbia. Era tutto bianco bianco intorno a noi. E si sentivano degli urli come quando le mucche stanno molto male. Erano i marinai che mandavano i segnali per il pericolo che una nave si scontrasse con un'altra nave. E da ogni nave altri marinai rispondevano. Tutte le persone avevano paura. Molte donne pregavano e la mamma mi ha detto di starle sempre vicina e di non lasciare la sua mano per nessun motivo. Io ho spiegato a Maria Rosa che non si doveva preoccupare, perché il nonno ripeteva sempre che la nebbia è solo un lenzuolo davanti al sole. Prima o poi viene tolto.

Le prime parole di un mericano

Quando siamo scesi dalla nave ci siamo messi tutti in fila e siamo entrati in una grande casa. La mamma ha tolto il fazzoletto dalla sua testa e dalla mia. Avevamo i capelli corti corti, perché prima di partire li avevamo tagliati e lavati con il petrolio.

Il babbo aveva chiesto di fare così, perché i mericani dovevano vedere che eravamo senza i pidocchi. Quando un signore del porto si è avvicinato, la mamma gli ha dato un foglio e gli ha detto: mai asban uocche iaa. Il signore ci ha fatto segno di seguirlo e ci siamo trovate in una fila diversa e con meno persone.

Alla fine della fila c'era un signore vestito come un carabiniere che metteva le mani nei capelli, negli occhi e nella bocca delle persone.

Quando il carabiniere mericano mi ha messo le dita in un occhio, mi ha fatto male e io gli ho tirato un calcio negli stinchi. La mamma mi ha dato uno schiaffo sulla testa. Lui ha detto: No! No! Poi si è abbassato verso di me, ha allargato le braccia, mi ha sorriso e ha detto: sori bebi.

Sono state le prime parole dette a me da un mericano.

Pàtrima

La nave che abbiamo preso per andare da Merica a Broccolino era piccola e non c'erano posti per dormire. Eravamo tutti in piedi, ma nessuno stava fermo. Si muovevano tutti, di qua e di là, come dopo la processione quando le persone si sbrigano per entrare in chiesa. La mamma si alzava continuamente in punta di piedi, per vedere se tra le persone che ci aspettavano c'era il babbo. Quando lo ha visto, mi ha preso in braccio, dicendo che lui era là. C'erano molti uomini e io non sono riuscita a capire quale fosse. La mamma mi ha detto: è proprio ingrassato, come ha scritto nelle lettere.

Quando siamo scese dalla nave lui ci è venuto incontro e ha abbracciato forte forte la mamma. Poi mi ha preso in braccio e mi ha carezzato le guance. Io non sapevo che dire, allora gli ho allungato la mia pupa e gli ho detto: si chiama Maria Rosa.

51

Quando giovedì 5 settembre un capitano dei Carabinieri entra all'*Osteria dell'Orsa*, si crea una certa curiosità nei clienti abituali. Più di qualcuno alza la testa dal piatto. L'ufficiale si toglie il berretto e si rivolge a uno dei ragazzi in maglia nera su cui spicca un'orsa gialla.

"Deve scendere al piano di sotto. Alfredo la sta aspettando."

La stretta di mano tra Alfredo e il capitano Berlingozzi non dice tutto quello che dicono gli occhi. La stretta è forte, ma non è un duello. Sono gli occhi e l'indugiare in piedi uno di fronte all'altro che rivelano i sentimenti.

"Congratulazioni per la promozione."

"Congratulazioni per il suo matrimonio. Come vede lo zio Antonio è stato prodigo di informazioni."

"C'è ancora tempo. La data più probabile è nella primavera dell'anno prossimo. Adesso siamo in fase di rodaggio."

C'è entusiasmo, contenuto ma evidente, nel ritrovarsi dopo l'azione di luglio. In uno c'è la contentezza di ritrovare l'altro in piedi e in buone condizioni. Nell'altro c'è la soddisfazione di avere di fronte un capitano appena promosso e trasferito a Cesena. Più ancora pesa il senso di appartenenza. Chi è stato nella stessa squadra una volta e ha condiviso gli stessi rischi, rimane legato per sempre. Che Alfredo abbia intenzione oggi di accettare la proposta di fraternità ricevuta da Berlingozzi a Trevignano?

Berlingozzi non apre il menu e si rivolge ad Alfredo.
"Cosa consiglia l'amico del cuoco?"
"Tagliatelle al ragù, cotoletta alla milanese e crema catalana."
"Poi due ore in palestra per smaltire."
"Basta uno yogurt per cena."
"Accettato."
È Alfredo a fare la prima domanda.
"Notizie del colonnello Angeletti?"
"Dopo l'incriminazione per concorso esterno in associazione mafiosa si è dimesso dall'Arma. Mentre il maresciallo Mascolo, che non era colluso con la famiglia Tataranni-De Giacomo, ma si limitava a spiarmi per ottenere piccoli favori da Angeletti, è stato trasferito in provincia di Cuneo."
"Ha saputo che Gerardo Tataranni, appena rientrato dal Canada, ha avuto un incidente mortale?"
"Sì. Mi ha avvertito Riganelli."
"È quasi nata un'amicizia tra di voi."
"Mi accontento che sia finita un'inimicizia."
"Come mai?"
"Ce le siamo date di santa ragione un carnevale di tanti anni fa. Per una biondina di cui non ricordo il nome. Finimmo al Pronto soccorso anche quella volta."
"Sembra che non si possa fare a meno della gelosia e della competizione erotica violenta in questa nostra Italia."
Alfredo alza le spalle e preferisce non commentare. Un boccone di tagliatelle aiuta il suo silenzio.
Il capitano rimugina tra sé e sé. Un po' della sua terza stella la deve a questo ragazzo musone, che ha rischiato la pelle solo per vendicare il cugino e senza guadagnare un soldo. Anche qui c'è di mezzo la famiglia. L'onore e l'identità di grana buona, non quella criminale dei Tataranni-De Giacomo.
Ha senso limitarsi a mangiare un piatto di tagliatelle e poi andare ognuno per la sua strada?

Ha senso tenere solo per sé l'ultima verità, quella che nessuno può immaginare? Il capitano decide di rompere gli indugi.

"Quando mi è stato proposto di indagare sulle relazioni tra il colonnello Angeletti e i Tataranni-De Giacomo ho accettato senza indugio. L'ho fatto perché avevo una motivazione molto personale. Più o meno come lei, Magnani. Lei lo doveva alla sua famiglia. Anch'io."

Alfredo posa la forchetta nel piatto e guarda Berlingozzi con estrema attenzione.

"Mio padre era di Como, ma la mia mamma è calabrese. Come lei, da ragazzino, passava le estati a Civita Castellana con il nonno, io stavo al mare in Calabria con mia nonna. Nel 1916 mia nonna Rosaria andò con sua madre a Broccolino, a New York. A raggiungere suo padre che era lì dal 1913. Aveva solo sei anni. È rimasta per cinque anni in America. È lei chi mi ha insegnato le prime parole di inglese. Dopo che il bisnonno ebbe un grave incidente sul lavoro che gli recise i tendini del braccio destro decisero di rientrare in Italia. Con i dollari rimasti aprirono una rivendita di sale e tabacchi a Soverato."

Alfredo non ha perso una parola ed è consapevole che sta ricevendo più di una confidenza. Sta conoscendo la verità.

"I suoi racconti sull'emigrazione hanno riempito le mie estati. Lei ha sempre rivendicato con orgoglio la fatica di essere emigrati calabresi poveri ma onesti, mentre i compaesani si arricchivano rubando e pagavano i poliziotti americani per guardare dall'altra parte. Lo sa che la manodopera, a New York, per la costruzione della metropolitana veniva reclutata da impresari italiani che usavano le stesse modalità del caporalato?"

Il pensiero di Alfredo va a un amico del nonno che cantava stornelli sulla storia di Civita Castellana.

Ce n'era uno su un certo Stinchelli che, partito per l'America con i suoi fratelli, se n'era tornato amareggiato e raccontava che: *quanno se tratta pe' legge, laggiù nessuno all'operaio lo protegge.*

"Non deve essere stato facile."

La voce di Berlingozzi è aumentata di tono.

"Di fatiche e disagi ne hanno subiti molti i nostri emigrati. La cosa peggiore è stata sottostare ai ricatti o addirittura alla richiesta del pizzo dei propri compaesani. Ed era ancora più umiliante in quanto quelli che avrebbero dovuto fare rispettare la legge stavano dalla parte dei delinquenti."

Ora che la verità è uscita fuori, è il silenzio a prendere il sopravvento. Gli uomini di buoni sentimenti hanno sempre un certo pudore nell'esprimerli e consumano velocemente le poche parole a disposizione per farlo. Ora Alfredo sa che può specchiarsi tranquillamente in Berlingozzi. Le storie ascoltate dai nonni sono molto diverse da quelle lette sui libri per bambini. Non diventano mai fiabe ma rimangono il pane e il companatico di cui ci si nutre nell'infanzia per diventare grandi. Si raccoglie il testimone da coloro che hanno visto e partecipato e si entra di diritto nella stessa squadra.

Al capitano manca solo una dichiarazione di principio prima di chiedere il conto. Guarda negli occhi Alfredo e decide di farlo.

"L'ho fatto per i milioni di calabresi onesti come mia nonna e il mio bisnonno. Quelli di cui nessun talk show racconta la storia ricca solo di fatica e di dignità."

Poi si alza in piedi e mostra la sua carta di credito al cameriere. Alfredo vorrebbe obiettare che il conto spetta a lui, ma sa che chi ha messo il cuore sul tavolo ha più diritti di chi ha solo ascoltato.

C'è brusio e vari capannelli di studenti universitari in via Mentana. C'è un silenzio quieto tra Alfredo e Berlingozzi mentre camminano verso il parcheggio sotterraneo di piazza 8 agosto. C'è la sensazione che un patto di fraternità sia stato siglato e che da aggiungere ci sia poco altro. È in via Venturini, passando vicino a una Porsche parcheggiata, che Berlingozzi ha uno scarto improvviso e si volta verso Alfredo.

"Gerardo Tataranni andava come sempre a scapicollo con la sua Porsche verso Roma quando è finito fuori strada. L'auto si è rotolata tre o quattro volte e ha preso fuoco. Proprio una brutta morte. Le analisi della scientifica hanno evidenziato che il punto di congiunzione tra la barra di accoppiamento e la testina dello sterzo era stato parzialmente segato. Dopo un certo numero di sollecitazioni ha ceduto di schianto. Ho consigliato al giudice istruttore di chiudere l'inchiesta. Trovare, con tutti i nemici che i Tataranni-De Giacomo avevano, chi avesse messo le mani nell'auto sarebbe stato come cercare un ago in un pagliaio."

Il ritmo delle parole di Berlingozzi è stato incalzante, quasi frenetico. Che il capitano abbia avuto bisogno di scaricare qualcosa che opprime la sua coscienza di uomo di legge?

Alfredo sente qualcosa che punge nello stomaco e guardando la Porsche di via Venturini è come se rivedesse tutte le Porsche parcheggiate al centro assistenza di Viterbo. E la voce dello zio gli risuona nelle orecchie: *le mie sono mani da meccanico. Sono solo un artigiano che si intende di motori. Questo so fare.*

Alfredo accetta il confronto con lo sguardo di Berlingozzi. Ci sono momenti in cui non è sufficiente quello che dicono gli occhi ed è necessario usare le parole.

Alfredo allunga la mano destra verso Berlingozzi.

"Grazie. Avrei voluto conoscere uno come lei anni fa, quando ero ancora nell'Arma."

"Be', ci siamo conosciuti solo adesso. Ma è già qualcosa."

"Che ne dice, capitano, se ci diamo del tu?"

52

La lettura di un buon libro e qualche tentativo con gli acquerelli costituiscono i momenti di maggiore relax della mia esistenza. Non nutro velleità artistiche, sono solo un consumatore di alcuni prodotti culturali che producono un poco di serenità.

Contemplare nei musei le grandi produzioni artistiche di tipo figurativo mi dà una soddisfazione limitata. Alla fin fine la loro straordinaria carica estetica ed emozionale è stata realizzata da qualcun altro e non da me. Il mio non è un infantile delirio di onnipotenza. Sono pienamente cosciente dei miei limiti, ma non li faccio diventare una frustrazione. C'è che non capisco il voyeurismo. Le cose della vita o le fai o non le fai. Limitarsi a guardare mi sembra troppo poco. Io sono spinto dal bisogno di esistere e solo il fare me ne dà la certezza. Sulle sponde di questo mio lago, abbagliato spesso anche dal riverbero della neve a differenza del lago di Vico, mi fermo ogni tanto a guardare come la natura abbia voluto stupirci. Oggi sono salito a monte Brè in funicolare, ho portato con me il blocco da disegno e gli inchiostri colorati, ma mi rendo conto di essere più tentato dal pensiero che dall'immagine. Più dalla parola che dal disegno. Mi sento più filosofo che pittore. Si tratta di considerazioni che mi riescono difficili da riprodurre sul foglio. Nella luce ridondante di questo meraviglioso settembre ho capito come la natura abbia sadicamente goduto nel farci sentire piccoli e inutili. Tutto già pronto. Tutto già fatto. Tutto meravigliosamente organizzato senza di noi. Qui a Lugano come a Vico. A noi umani non resta che riempire lo stomaco e svuotare l'intestino, dare e ricevere un po' di liquido seminale ed esalare l'ultimo respiro. Troppo poco. Io non ci sto.

Non nutro le velleità di quelli che ambiscono alla notorietà e alla fama. Non ambisco a dare il mio nome a una qualche piazza. Mi piacerebbe essere un uomo invisibile. Una presenza leggera che gli altri possano appena avvertire. Meno di un'ombra. Un filo di vento. Mi interessa che rimangano il nome di mio figlio Carlo e le cose buone a protezione dell'infanzia che stiamo cercando di fare a Bellinzona. La signorina Elsa e i volontari meritano tutta la mia gratitudine. Una goccia d'acqua nel deserto è sempre meglio di niente. Di mio cerco soltanto di procurarmi la soddisfazione personale di modificare il corso degli eventi. Non subire la natura e sconfiggere il destino. È un programma ambizioso, ma è l'unico che riesce a dare un senso alla mia vita.

È stato grazie all'ingenuità dello zio Antonio e ai prodigi di qualche microspia acquistata a Taiwan che sono arrivato ad Alfredo e ho capito quello che stava combinando nei pressi del lago di Vico. Non è stato facile organizzarmi e arrivare in tempo prima che il guardaparco lo accoltellasse. Nel mio portabagagli tengo sempre a portata di mano una divisa da maresciallo dei Carabinieri e una tonaca da sacerdote.

Sono i due travestimenti che permettono, in Italia, di vedersi aprire tutte le porte.

Sono orgoglioso della mia capacità di azione. Di certo c'è che la vita di Alfredo mi appartiene e non permetterò che qualcuno me la porti via. Io non sono uno che rimane a guardare. Fintanto che sarò capace di sparare con un VSS Vintorez la vita di Alfredo è al sicuro nelle mie mani. Nei boschi dei monti Cimini le cose sono andate così.

"Ti hanno ridotto proprio male, Alfredo. Bevi un po' d'acqua."

Alfredo bisbiglia appena.

"Riganelli... Riganelli..."

"Non sono Riganelli."

"Sei Anzellini?"

"No."

"Chi sei?"

"Un amico. Vieni, ti accompagno al Pronto soccorso."

"Chi sei?"

"Sono venuto da Bologna per aiutarti."

Cos'altro potevo rispondere per tranquillizzarlo?

Ringraziamenti

Un ringraziamento a tutti coloro che hanno reso possibile la scrittura di queste pagine.
Chi con una citazione letteraria, chi correggendo un verbo, chi sostituendo una virgola, chi fornendo un'idea, chi con un incoraggiamento, chi con una pacca sulle spalle, chi offrendo il nome di battesimo, chi prestando un bellissimo cognome, chi con una telefonata e chi con una straordinaria pasta al forno.

Stampato nel mese di giugno 2013
da **www.stampalibri.it**
BOOK ON DEMAND
Macerata

Rispettiamo l'ambiente perché utilizziamo carte riciclate ed ecologiche